ullstein

Das Buch

Der freundliche Bilderbuch-Hesse und Alltagsphilosoph schlendert mit Muße durchs Leben und bezirzt die Frauen mit dem schönsten Dialekt der Welt. Aber warum kniet der Maddin beim Frisör in der »katholischen Stellung«? Was passiert, wenn man bei der Musterung fremden Urin abgibt? Seit wann werden Felder gejagt? Welchen Effekt hat Cabbuccino auf das weibliche Geschlecht? Es gilt: Je länger der Hals, desto besser die Sicht auf die Frauen. Eine Perle der Comedy-Kultur.

Der Autor

Maddin Schneider ist einer der bekanntesten Hessen Deutschlands. In Fernsehserien wie *Schillerstraße*, *Maddin in Love* und den *Sieben-Zwergen-Filmen* beglückt der Comedien Jung und Alt mit seiner unverwechselbaren Komik.

Maddin Schneider

MACH MAL HALS LANG

... und andere Weisheiten
aus dem Aschebeschär

Ullstein

Besuchen Sie uns im Internet:
www.ullstein-taschenbuch.de

FSC
www.fsc.org
MIX
Papier aus verantwortungsvollen Quellen
FSC® C006701

Originalausgabe im Ullstein Taschenbuch
1. Auflage November 2011

Umschlaggestaltung: ZERO Werbeagentur, München
Titelabbildung: © Ralph Larmann
Abbildungen im Innenteil und auf dem Buchrücken:
© Ralph Larmann
Zeichnungen im Innenteil: © Michi Schmitt
Satz: KompetenzCenter, Mönchengladbach
Gesetzt aus der Berling
Papier: Pamo Super von Arctic Paper Mochenwangen GmbH
Druck und Bindearbeiten: CPI – Ebner & Spiegel, Ulm
Printed in Germany
ISBN 978-3-548-37418-5

Vorwort

Zuerst möchte ich mich bei Ihnen dafür entschuldigen, dass schon wieder ein neues Buch erschienen ist. Eigentlich wollte ich gar keins schreiben. Es gibt schließlich schon genug Bücher, davon habe ich mich persönlich überzeugt.

Es hat auch nichts mit dem Herrn Winkler zu tun, dem ich einmal zufällig das Leben gerettet habe. Obwohl er mir als Erster empfahl, ein Buch zu schreiben. Aber wenn man seinem Nachbarn mit ein paar Eiern aushilft, dann muss das ja auch nicht am nächsten Tag in der Zeitung stehen. Es sei denn, der aus den Eiern gebackene Kuchen löst eine wunderbare Liebesgeschichte aus, wie in dem Film *Lovestory*. Aber ob der Herr Winkler sich verliebt hat, ist mir nicht bekannt.

Und warum habe ich das Buch jetzt geschrieben? Weil mehr Menschen ein Buch lesen können, als Top-Manager auf meine Obstwiese passen. Das leuchtet Ihnen sicherlich auch sofort ein.

Außerdem meinte der Herr Dr. Kloppinger, der als erster Manager zum Obstpflücken auf meine Wiese kam, dass dieses Buch vielen Leuten helfen könnte, die an *Hurry Sickness* (Beeilungskrankheit) und anderen schlimmen Sachen leiden. Die dürfen dann aber das Buch nicht zu schnell lesen, sonst ist der gewünschte Erholungseffekt dahin.

Sie werden sich bestimmt in diesem Zusammenhang fragen: Wie kann denn der Maddin ein Buch schreiben – der kann doch nur hessisch?

Falsch! Schon in der Schule lernte ich reinstes Hochdeutsch schreiben und auch lesen. Das war natürlich erst mal nicht so leicht, und am Anfang machte ich noch viele Fehler. So schrieb ich zum Beispiel in einem Schulaufsatz das Wort »Spargel« mit zwei *schs*, also: »Schpaschel«. Aber mit der Zeit war ich komplett zweisprachig. Und mit Englisch kam dann noch eine dritte Fremdsprache hinzu!

Heute bin ich des Öfteren gezwungen, mit Leuten Hochdeutsch zu reden – und auch meinem polnischen Fliesenleger Jerzy habe ich versprochen, dieses Buch auf Hochdeutsch zu schreiben.

Aber es gibt nach wie vor Situationen, da ist Hochdeutsch natürlich überhaupt nicht angebracht, da ist es im Gegenteil absolut notwendig, Hessisch zu sprechen, so zum Beispiel beim Flirten.

Für viele hessische Kosewörter würde es mir schwer fallen, eine passende hochdeutsche Übersetzung zu finden, die genauso zärtlich klingt: »Mei schnuggelisches, schneggelisches Zuggerschneckschе! Mei goldisch Dreckschipp!«

Selbst ganz normale Wörter klingen in unserem Dialekt oft wie ein edles, französisches Parfüm, so hört sich das Wort *schnell* aus dem Munde eines Hessen an wie *Chanelle*.

Ich habe sogar schon erlebt, dass Wörter wie Seeschelfliescher (Segelflieger) oder Öhrschelegge (Ohrenlecken) eine Frau dahinschmelzen lassen wie einen Handkäs in der Sauna. Bei dem hochdeutschen Text habe ich mir Mühe gegeben, diesen sahnig-soften Sound nicht ganz den harten Konsonanten zu opfern.

Wie der kleine Maddin in die Welt befördert wird und dabei gleich einen Schock bekommt

Schon bei meiner Geburt hatte ich keine Eile. Erst gut zwanzig Minuten nach meiner Zwillingsschwester kam ich gemütlich hinterher.

Und warum habe ich mir so viel Zeit gelassen? Erinnern kann ich mich nicht, was mich in diesen zwanzig Minuten bewegt – oder besser: nicht bewegt – hat. Aber die wohlige Wärme und friedvolle Ruhe in so einem angenehm abgedunkelten Bauch muss herrlich gemütlich gewesen sein! Außerdem liegt man als Zwilling ja immer ein bisschen beengt – und nun hatte ich endlich Platz! Vielleicht bin ich aus diesem Grund bis heute noch kein Freund von Mehrbettzimmern.

Jedenfalls zögerte ich mein Rauskommen noch eine bisschen hinaus. So wie ich heute bei meinem Wecker noch mindestens zehn Mal auf »Schlummerfunktion« drücke, bevor ich aus dem Bett krieche.

Dann war allerdings nichts mehr zu machen; die Hebamme wollte wohl endlich ihren wohlverdienten Feierabend haben. Das bedeutete für mich: Raus an die frische Frühlingsluft!

Aber so eine Geburt ist ja kein Pappenstiel. Da kann es

auch mal an der einen oder anderen Ecke etwas klemmen. So steckte ich anscheinend ein wenig an den Schultern fest, und die Hebamme musste an meinem Kopf ziehen. Mir ist davon ein sehr langer, geschmeidiger Hals geblieben. Für den es nur ganz wenige passende Kopfkissen gibt. Langhalsschläfer brauchen nämlich spezielle Kopfkissen, da man sich ansonsten beim Schlafen versehentlich das Genick brechen kann!

Auch beim Frisör hat man es als Langhals besonders schwer: Fast alle Frisörinnen und Frisöre bestehen darauf, vor dem Haareschneiden die Haare zu waschen. Und in den meisten Frisörsalons muss man den Kopf nach hinten in das Waschbecken legen. Das habe ich nie verstanden – bei einem Auto ist das Lenkrad doch auch vorne und nicht hinten! Warum wird man beim Haarewaschen gezwungen, seinen Kopf so weit nach hinten zu biegen? Gerade für langhälsige Menschen ist das lebensgefährlich: Dann kann nicht mehr genug Blut ins Gehirn gepumpt werden! Im schlimmsten Fall fällt man beim Frisör ins Koma. Und natürlich sterben bei jeder dieser Haarwäschen Gehirnzellen ab, was den Langhals nicht unbedingt intelligenter macht. Gerade das wollte ich natürlich auf jeden Fall verhindern. Deshalb habe ich mir schon früh angewöhnt, beim Haarewaschen im Frisörsalon auf dem Stuhl mit dem Gesicht in Richtung Waschbecken zu knien. Ich nenne dies die »katholische Stellung«.

In den ersten Sekunden nach meiner Geburt empfing mich ein ohrenbetäubendes, hysterisches Frauengekreische – die Jubelschreie der Hebamme. Sie hatte wochenlang nur Mädchen herausgefischt und sich sehnlichst mal wieder einen Jungen an der Angel gewünscht.

Meine Schwester wurde nur enttäuscht kommentiert mit: » Schon widder so e Bichs!«

»Büchse« bzw. »Bichs« sagt man bei uns in Südhessen ein bisschen abfällig zu einem kleinen Mädchen. Wahrscheinlich denkt man dabei an eine Sparbüchse, die hat ja auch einen Schlitz für die Münzen.

Dementsprechend groß war die Begeisterung, als dann nach der Büchse noch ein strammer Bub hinterherkam. Die Hebamme hob mich in die Luft und drehte gleich mehrere Ehrenrunden mit mir, als sei ich ein Papierflugzeug. Gott sei Dank hatte ich noch nicht gefrühstückt …

Lektion Nr. 1:
Wer anderen den Vortritt lässt, wird umso mehr gefeiert!

Vom Bobbelsche zum Biebsche

Schon als Kleinkind vermied ich Lärm und Hektik. Ich liebte Ruhe und Gemütlichkeit. Und von meinem ersten Taschengeld kaufte ich mir eine Packung Ohropax.

Psychologen würden das vielleicht mit dem hysterischen Frauengeschrei bei meiner Geburt erklären. Aber ich mag die Ruhe deshalb lieber, weil sie nicht so laut ist.

Nachdem ich meine Geburt mit Ach und Krach überstanden hatte, lebte ich mich langsam ein. Damals wusste ich noch gar nicht, dass ich Hesse war. Genauer gesagt: Südhesse. Und dass mich deshalb alle »Maddin« riefen, und nicht, wie es in meiner Geburtsurkunde steht, »Martin«. Und mein Vater, das war der »Babba« und mein Opa der »Obba«.

Dass diese weiche, sympathisch klingende Sprache nicht auf der ganzen Welt gesprochen wird, ist mir erst später klar geworden. Gerade für Babys und Kleinkinder ist das Hessische die perfekte Wohlfühlsprache. Man fühlt sich von den zarten Schwingungen förmlich liebkost und gestreichelt. Lesen Sie doch einfach einmal diesen alten, hessischen Kinderreim laut vor:

Das Wermsche

Sitzt e Wermsche uff'm Termsche
mit'm Schermsche unnerm Ermsche.
Kommt e Stermsche, bleest des Wermsche –
mit'm Schermsche unnerm Ermsche –
von dem Termsche.

Welch eine Poesie!

Und vor allem: Welch ein watteweiches Klangbett!

Wer als Kind von solch zauberhaften Klängen umgeben ist, wird mit Sicherheit ein zartbesaiteter, gefühlvoller Mensch – und kein eisenfressender Schraubenkacker!

Man kann sich schwer Leute wie Goebbels als gemütlich babbelnde Hessen vorstellen: »Ei, saacht ema – wie wär's dann mit eme totale Kriesch?« Würden alle Menschen hessisch reden, gäbe es bestimmt viel weniger Kriege.

Das erste Wort, das ich aussprechen konnte, war »Schlabberlabbe«. Ein »Schlabberlabbe« ist ein Umhängelätzchen für Kinder. Die feuchte Aussprache machte mir einen Riesenspaß. Hängte man noch ein baby-typisches Zusatzgeräusch an, ein Zischen oder Schnauben, konnte man so der ganzen Verwandtschaft seinen Speichel oder irgendwelche Essensreste ins Gesicht sprühen: »Schlabberlabbepfschschrrrfff!«

Erst später lernte ich dann auch Wörter wie »Mamalabbe« und »Babbalabbe«. Eigentlich hieß es ja nur »Mamma« oder »Babba«, aber ich hängte an jedes Wort noch einen »Labbe« dran.

Natürlich gibt es auch im hessischen Dialekt saftige Schimpfwörter. Will man jemandem sagen, dass er der größte Versager aller Zeiten ist, eine Ausgeburt von Faulheit, Dummheit und Hässlichkeit, eine Schande für all seine Vorfahren, eine Schande für alle Hessen, ja eine Schande für die gesamte Menschheit, dann schleudert man ihm folgenden granatenschweren Kraftausdruck ins Gesicht:

»Du Hannebambel!«

Der so aufs Übelste beschimpfte Hesse weiß genau, er muss in Deckung gehen.

Ein Nicht-Hesse aber lässt sich kaum von unseren Schimpfwörtern beeindrucken:

»Du Bohnesimpel!«

»Du Kordeldepp!«

»Du Knallkopp!«

Wie liebevoll das immer noch klingt! Da der Südhesse kein scharfes *S* kennt, hört sich aus seinem Munde selbst »scheiße« gemütlich an. Langsam und mit einem weichen, stimmhaften *S* lässt er es durch die Lippen strömen:

»Schei-se.«

Wie die Franzosen. Die ja ähnlich wie die Hessen für ihre erotische Sprache berühmt sind.

Lektion Nr. 2:
Ein Krabba schmeckt weicher als ein Grappa!

Wie sich der Maddin vom Säugling zum Knutschling entwickelt

In der Schule habe ich gelernt, dass ich als Hesse zu der Gattung Mensch gehöre. Und als Mensch gehöre ich zu den Primaten, und die Primaten sind Säugetiere. Also sind auch alle Hessen Säugetiere. Ich bin also ein hessisches Säugetier.

Das Säugetier-Sein machte mir schon als Baby außerordentlich viel Spaß. Mit meiner Zwillingsschwester veranstaltete ich sogar Wettsaugen an der Brust meiner Mutter, wobei ich meist als Sieger hervorging.

Das Saugen war für mich aber nicht nur Sport, es war auch eine Art Meditation. Da die Mütter in Südhessen schon weit vor der Geschlechtsreife des Kindes mit dem Stillen aufhören, musste ich irgendwie die Zeit zwischen Mutterbrust und Freundin-Titte überbrücken.

Aus dem Fernsehen kannte ich noch einen anderen Saugmechanismus: Mit meiner Oma schaute ich jedes Jahr *Sissi – Schicksalsjahre einer Kaiserin* und immer, wenn Karlheinz Böhm sich an den Lippen von Romy Schneider festsaugte, klatschte sie vor Freude in die Hände: »Scheeeee!« Ich beschloss, es selbst auszuprobieren.

Schon in der dritten Klasse fing ich an und war damit ein ausgesprochener Frühknutscher. Ich erzählte meinen Klassenkameradinnen, dass alle Säugetiere knutschen. Es sei sogar unbedingt notwendig, um erwachsen zu werden! Nicht allen leuchtete dieser Zusammenhang sofort ein. Aber einige konnte ich mit meinen Argumenten überzeugen. Mit ihnen knutschte ich stundenlang, vor allem, wenn mal wieder der Sportunterricht ausfiel.

Auch als die meisten meiner Altersgenossen irgendwann mit dem Rauchen anfingen, blieb ich beim Knutschen. Die Vorteile des Knutschens lagen klar auf der Hand: Es war wesentlich gesünder als Rauchen, und man bekam keinen Krebs davon. Man konnte es heimlich an vielen Orten – es gab ja keinen Rauch oder Gestank.

Der einzige Nachteil gegenüber dem Rauchen war, dass man an ein Mädchen nicht so einfach rankam wie an eine Packung Zigaretten. Man musste vorher eine Menge Überzeugungsarbeit leisten, aber meine Taktik funktionierte ganz gut.

Obwohl die Mädchen genauso viel Spaß am Knutschen hatten wie ich, wollte meine Klassenlehrerin Frau Baumann es uns verbieten. Ihre Begründung dafür war einfach nur lächerlich. Sie stellte sich vor die Klasse, stemmte die Hände in die stämmigen Hüften und sagte: »Dafür bist du noch viel zu jung!«

Zu jung! Das muss man sich mal vorstellen – zu jung! Mit achteinhalb Jahren! Dachte sie etwa, ich würde noch an der Mutterbrust hängen?

Frau Baumann wusste in diesen Sachen wohl deshalb nicht Bescheid, weil sie nur Mathematik und Erdkunde unterrichtete. Aber unser Hausarzt Doktor Bell hatte mir alles ganz genau erklärt. Auch wie das mit dem Küssen funktioniert.

Ich sagte zu ihr: »Knutschen ist doch gesund und ganz normal. Sogar der Pfarrer Rössner macht es mit der Mutter vom Ralf im Beichtstuhl!«

Mit dieser Geschichte von der Mutter des Klassenletzten Ralf Schröder, die sich regelmäßig mit dem katholischen Pfarrer traf, wollte ich nur beweisen, wie normal und anständig das mit dem Knutschen ist.

Aber leider sah Frau Baumann das anders. Sie war jetzt sogar noch wütend auf Pfarrer Rössner, obwohl der doch nun wirklich alt genug zum Knutschen war.

Frau Baumann war damals wahrscheinlich einfach furchtbar neidisch. Sie war nämlich nicht verheiratet und kam wahrscheinlich nie in den Genuss eines schönen, fetten Schmatzers – wie ich ihn meiner besten Knutschfreundin Cornelia Schmidt damals so oft auf den Mund drückte. Unsere Münder klebten aneinander wie zwei Saugnäpfe, wenn wir auf der Wiese neben der Turnhalle lagen. Manchmal schliefen wir sogar knutschend ein. Es war eine wundervolle Zeit!

Cornelia war die Standpauke von Frau Baumann vor der ganzen Klasse aber so peinlich, dass ich ihr hoch und heilig versprechen musste, sie nur noch heimlich zu küssen.

Doch dann begann auch Cornelia zu rauchen, weil ihre beste Freundin damit angefangen hatte. Als ich sie daraufhin wieder küssen wollte, drehte sich mir bei dem abscheulichen Geschmack augenblicklich der Magen um, und ich musste mich direkt übergeben. Weil sie ihr bestes Kleid trug, stellte sie sich von da an nicht mehr zum Knutschen zur Verfügung.

Lektion Nr. 3:
Versprechen soll man nicht brechen, aber nicht brechen kann man nicht versprechen!

Ein Plagegeist von einer Lehrerin

Mein Heimatdorf Burgholzhausen liegt am Rande der Wetterau, wo die Böden besonders fruchtbar sind. Deshalb besitzen die meisten Familien bei uns schon seit Generationen eine Obstwiese. Auch meine Oma und mein Opa hatten so ein riesiges *Baumstück*. Diese Streuobstwiese war ein einziges Paradies, besonders wenn im Frühling Abertausende weiße und hellrosa Blüten an den Bäumen prangten. Es waren mehr als hundert hochstämmige Bäume, die mein Opa vor Jahrzehnten gesetzt hatte. Die hohen Birnbäume wurden sogar noch von meinem Urgroßvater gepflanzt. Darunter waren Sauerkirschbäume, Mirabellen, Zwetschen, Birnen und natürlich Apfelbäume. Und fast jeder Baum trug einen Namen, der entweder etwas mit seinem Aussehen oder seiner Geschichte zu tun hatte. So gab es den »buckeligen Hans« und die »schiefe Lisa«, aber auch die »schöne Thea«, eine wunderschön gewachsene, reichtragende Sauerkirsche, und den »dicken Josef« – einen mächtigen Apfelbaum der Sorte Boskoop. Dann gab es noch den »Säukrüppel«, dessen unförmige Gestalt die Leute beim Pflücken reihenweise von der Leiter kippen ließ. Und die »Tante Klara«, eine gutmütige, kleingewachsene Goldparmäne.

Mein Lieblingsbaum aber war mit Abstand »Onkel Willi«. Ein gutmütiger alter Apfelbaum der Sorte »Butzbacher Herbstprinz«. Ohne Probleme konnte ich an ihn Leitern stellen und bis hinein in seine Krone klettern, wo ich mich sicher und geborgen fühlte. Als kleiner Junge hatte ich mir angewöhnt, mit Onkel Willi zu reden. Ich erzählte ihm einfach alles, auch meine Probleme. Denn ich wusste, dass er nichts ausplauderte. Ihm konnte man hundertprozentig vertrauen. Und manchmal flüsterte Onkel Willi mir mit raschelnden Blättern etwas zu.

Oft ging ich direkt nach der Schule noch einmal einen kleinen Umweg zur Obstwiese und kam dann zu spät zum Mittagessen. Meine Eltern hatten es längst aufgegeben, mich zur Pünktlichkeit zu erziehen. Gelegentlich sagte meine Mutter seufzend: »Genau wie seine Großtante Appolonia, der gleiche lange Hals und kein Gefühl für die Zeit!«

Auch sonst bin ich nie ein großer Freund von Eile gewesen. Den Gang zur Schule versuchte ich so weit wie möglich rauszuzögern, da mir der Unterricht im Allgemeinen nicht besonders behagte.

Ich stand zwar sehr früh auf, legte mich aber nach dem Frühstück im Wohnzimmer noch einmal mindestens eine halbe Stunde lang aufs Sofa und träumte im Halbschlaf süß vor mich hin. Dazu hörte ich die einzige Schallplatte, die meine Eltern besaßen, eine Sammlung Operettenschlager von Franz Lehar. Dieses sanfte Dahinschlummern kostete ich so lange wie möglich aus, ich glaube, die Schlummerfunktion am Radiowecker wurde später eigens für mich erfunden. Wenn ich dann in die Schule lief, klang mir immer noch das Lied »Gern hab ich die Frau'n geküsst« im Ohr. Doch meine romantische Stimmung löste sich im Unterricht von Frau Baumann immer sehr schnell auf.

Aus dem Fenster des Klassenzimmers konnte man auf einen riesigen Kastanienbaum sehen, der im Mai Hunderte weiße Blütenkerzen trug. Da konnte man eigentlich gar nicht anders, als zum Fenster hinauszuschauen und dabei ins Träumen zu geraten! Wer konnte sich denn bei einem solchen Anblick noch für Bruchrechnen oder Multiplikation begeistern?

Meine Grundschullehrerin Frau Baumann (die ja schon öfters negativ aufgefallen war) mochte das aber leider gar nicht, wenn ich minutenlang aus dem Fenster blickte und verzückt den Kastanienbaum anstarrte. An einem schönen Frühlingstag schrie sie mich mit ihrer schrillen Stimme an: »Martin!«

Wie hart mein Name klingen konnte, wenn er in den falschen Hals geriet!

Ich erlebte einen der zärtlichsten Augenblicke meines Lebens – und diese herzlose Frau zerstörte innerhalb einer einzigen Sekunde dieses kostbare Glücksgefühl!

Wie brutal sie meinen Vornamen ausgesprochen hatte! Frau Baumann stammte nämlich ursprünglich aus Bayern. Deshalb sprach sie die Wörter nicht so weich aus, wie meine Ohren es von zu Hause gewöhnt waren.

Ich weiß noch, dass ich als Kind furchtbare Angst bekam, wenn ich zufällig mal den bayerischen Politiker Franz Josef Strauß im Fernsehen sah. Seine Aussprache war so hart und holprig, und außerdem fehlte ihm der Hals.

»Du sollst *mich* anschauen, nicht den Kastanienbaum!«, wütete Frau Baumann.

Das war natürlich ein ganz klares Zeichen von Eifersucht. Aber als Lehrerin konnte sie das nicht zugeben.

»Ich verlange von dir, dass du dich mehr am Unterricht beteiligst!«

Was für eine Unverschämtheit. Es war doch schließlich ihr Unterricht! Sie war doch die Lehrerin! Außerdem bin ich von Natur aus eher schweigsam und erst ab dem späten Nachmittag bereit für längere Gespräche.

Deshalb ging mir das dauernde Drangenommen-Werden von der Baumann gehörig auf die Nerven. Aber wie konnte ich mich von diesem Plagegeist befreien? Mir kam eine besonders gute Idee: Mit einem Beschwerdebrief an die Schulleitung würde ich dieser Quälerei sicher ein Ende machen. Ich schrieb also:

Sehr hochverährter, lieber Herr Schuldirektor Weissenberger!

Mit hier diesem Prief muß ich sagen, dass der Maddin nicht mehr von der Frau Baumann unterischdet werden kann. Weil sie seiner Gesundheit und seinen Nerven schädlisch ist. Er ist nämlich ganz emfindlisch und besondärs am Morgen kann er nicht viel drangenommen werden, weil er sonst den flotten Otto bekommt und Windpocken und Räuma. Wenn das noch

lange so geht, stirbt er vielleischt sogar noch davon.
Bitte tun Sie Frau Baumann deshalb schleunigst von der Schule.

Mit hochachtlischen Grüßen
Dr. Hartmut Bell

Obwohl ich die Unterschrift von unserem Hausarzt Dr. Bell sehr gut nachgeahmt hatte, erkannte Frau Baumann irgendwie, dass er von mir geschrieben war.

Und am Ende musste ich eine ganze Woche lang jeden Tag eine Stunde nachsitzen. Unter der Aufsicht von Frau Baumann, die im Klassenzimmer die Vorhänge der Fenster zuzog, weil sie wohl immer noch eifersüchtig auf den Kastanienbaum war.

Lektion Nr. 4:
Man soll mit seinen Lehrern keine Doktorspiele machen!

Bis wohin geht das Weltall?

Es muss auch ungefähr im dritten Schuljahr gewesen sein, als ich einmal bei meinem Freund Peter Schaller übernachtete. Seine Mutter hatte Bratkartoffeln mit frischen Pilzen für uns gekocht. Die Frau Schaller war mir immer ein bisschen unheimlich, weil sie so viele seltsame Dinge erzählte. Wie von der bösen alten Hexe, die den Kindern Ohrenkneifer in die Ohren setzte. Und die kleinen Tierchen krabbeln bis in die Kindergehirne und fressen sie auf!

Deshalb habe ich mir eine Zeitlang jeden Abend vor dem Schlafengehen zusammengerolltes Toilettenpapier in die Ohren gesteckt, um mich vor den Ohrenkriechern zu schützen.

Die Mutter von Peter scheppte uns die Bratkartoffeln und die Pilze auf den Teller und erzählte, dass sie die Champignons am Nachmittag auf einer Wiese gesammelt hatte. Im Radio hatte ich ein paar Tage vorher von einem Mann gehört, der an Pilzvergiftung gestorben war.

»Sind es auch keine giftigen Pilze?«, fragte ich.

Frau Schaller grinste: »Das werden wir ja morgen früh sehen. Wenn wir wieder wach werden, dann waren sie wohl nicht giftig!«

Der Vater von Peter lachte, und dann lachte auch Peter.

Wie konnten diese herzlosen Menschen darüber nur lachen? Mich packte eine furchtbare Angst. Wenn sich jetzt die Frau Schaller wirklich nicht so gut auskannte mit den Pilzen? Oder vielleicht hatte sie absichtlich giftige Pilze gesammelt? Wie die alte Hexe, die den Kindern Ohrenkrabbler ins Ohr setzte?

Peter und sein Vater aßen mit großem Appetit, ein Pilz nach dem anderen verschwand in ihren weitaufgerissenen Mündern. Tot vom Stuhl fielen sie nicht. Und ich war doch so hungrig, und es duftete verführerisch – also aß ich meine Pilze auch auf.

Als ich später im Bett lag, bekam ich auf einmal Bauchweh. An den vier Tellern warmem Schokoladenpudding, die ich zum Nachtisch verputzt hatte, konnte das ja eigentlich nicht liegen. Ob die Pilze doch giftig waren?

Mir wurde gleich doppelt schlecht. Mein Bauch tobte, es riss an meinen Gedärmen. Von einer Sekunde auf die andere war mir vollkommen klar: Mein Leben geht zu Ende! Vielleicht bleiben mir noch ein paar Sekunden, allerhöchstens vielleicht eine halbe Stunde! Dann ist alles vorbei.

Panisch lag ich im Dunklen und hielt mir den Bauch. Ich wollte doch noch nicht sterben.

Klar, die Schule ging mir manchmal auf die Nerven – aber es gab doch Onkel Willi, das süße Schlummern morgens auf der Couch, Pflaumenkuchen im Spätsommer und die Knutschereien mit den Mädchen! Das sollte niemals aufhören!

Und was kommt überhaupt nach dem Sterben? Früher

glaubte ich, man kommt nach dem Tod in den Himmel, und es gibt jeden Tag Pflaumenkuchen. Mit Sahne! Aber Peter Schaller, der ja Klassenbester war und auch so komplizierte Dinge erklären konnte wie zum Beispiel, warum die Mädchen nicht so gerne furzen wie die Jungen, hatte meine Vorstellung erst vor zwei Wochen mit einem verächtlichen »Alles Quatsch. Dafür gibt es keine Beweise« quittiert.

Kein Pflaumenkuchen im Himmel? Gab es denn wenigstens Schokoladenpudding? Mir wurde gleich noch viel schlechter.

Neben mir schnarchte Peter in seinem Bett, den Plüschaffen an sein Gesicht gepresst. Ich schlich zu ihm und stupste meinen Zeigefinger in seine Seite. Schlaftrunken schreckte er auf und versteckte den Affen unter der Decke. »Was ist denn?«

»Gibt es Schokoladenpudding im Himmel?«

»Häh, nee. Was ist denn das für eine bescheuerte Frage?«

»Und gibt es den Himmel?«

»Der Himmel ist doch ein Stück vom Weltall, du Blödmann. Lass mich schlafen.«

Klar, der Himmel gehört zum Weltall, davon hatte Frau Baumann neulich erst gesprochen. Und das Weltall ist ja unendlich. Ich kroch zurück auf meine Luftmatratze in der anderen Zimmerecke. Unendlich? Was bedeutet das denn? Irgendwo muss doch jedes Ding aufhören, auch das Weltall! Und was ist da, wo es aufhört? Eine Wand? Und was kommt hinter dieser Wand? Noch ein Weltall? Wie viele Weltalle gibt es denn insgesamt? Und was

MADDIN BIST DU'S ?
?

kommt hinter allen Weltallen? Und zu welchem Weltall gehört der Himmel? Du lieber Himmel!

Mir wurde immer schwindeliger.

Unser Religionslehrer hatte erzählt, dass die Leute in Indien glauben, sie werden nach ihrer Beerdigung wieder neu geboren. Aber nicht alle werden wieder Menschen. Wenn sie in ihrem Leben aus Versehen auf einen Regenwurm treten, dann werden sie im nächsten Leben als Regenwurm geboren.

Oh nein, war ich jemals auf einen Regenwurm getreten? Gott sei Dank nicht! Aber zum Mittagessen gab es doch gestern ein halbes Hähnchen. Kann man als halbes Hähnchen wieder auf die Welt kommen? Und was ist, wenn ich als Rasenmäher wiedergeboren werde?

Am nächsten Morgen erwachte ich ohne Bauchweh und nach einer halben Stunde auf der Toilette – Peter weigerte sich, danach das Bad zu betreten – fühlte ich mich wie neugeboren. Und wie ein Rasenmäher sah ich trotzdem nicht aus. Dennoch blieb die Angst: Ich konnte ja noch auf tausend andere Arten sterben. An einem Wespenstich, durch einen Blitzschlag. Oder ich könnte an einer heißen Bratkartoffel ersticken. Ein Wunder, dass ich schon so viele Stunden, Tage, Monate und Jahre überlebt hatte!

In den kommenden Wochen war ich besonders freundlich zu meinen Eltern und meiner Schwester, damit sie mich als einen guten Menschen in Erinnerung behalten würden. Und an den Lippen meiner aktuellen Knutschfreundin Birgit Hausmann saugte ich mich fest wie ein ängstliches Orang-Utan-Baby an der Mutterbrust. Diese Technik wende ich noch heute in Gefahrensituationen an.

Plötzlich wusste ich: Das Leben war genauso begrenzt wie die halbe Stunde, die ich jeden Morgen auf der Couch im Halbschlaf vor mich hinträumte. Irgendwann war alles vorbei. Und auch meine Oma, meine Eltern und meine Schwester – sie alle waren Todgeweihte! Nur hatten sie einfach Glück, sie waren nicht so intelligent wie ich. Genauso wie unser Meerschwein, das sich auch keine Gedanken machte über den Tod.

Eines Abends rief meine Zwillingsschwester Katrin meine Mutter: »Komm mal schnell! Der Maddin bewegt sich nicht mehr!«

Unser Meerschweinchen hieß nämlich auch Maddin.

Obwohl sich eigentlich nur Katrin um Maddin gekümmert hatte, heulte ich bei seiner Beerdigung im Garten Rotz und Wasser. Maddin war als Erster gegangen. Wer würde folgen?

Selbst das nahende Weihnachtsfest konnte meine Stimmung nicht aufhellen. Doch das Geschenk von meinen Eltern und meiner Oma bedeutete einen Wendepunkt in meinem Leben: Es war ein kleiner Kassettenrecorder, an dem man ein kleines Mikrofon anschließen konnte. Damit nahm ich zum Beispiel in unserem Wohnzimmer Schlager aus dem Radio auf, indem ich das Mikrofon an den Lautsprecher hielt. Dazu musste es aber ganz still sein in dem Zimmer. Und natürlich platzte meine Schwester oft mitten während einer Aufnahme herein und räumte ohne Hemmungen Geschirr in den

Schrank. Einmal fiel Katrin dabei eine Kaffeetasse aus der Hand. Wütend brüllte sie: »Scheiße!« Auf der Kassette genau an der Stelle, an der Udo Jürgens »aber bitte mit Sahne!« singt, war das wütende »scheiße!« meiner Schwester zu hören. Seitdem wurde der Ausspruch »scheiße mit Sahne« zu einer gebräuchlichen Redewendung in unserer Familie. Später abgewandelt zu »aber bitte mit Scheiße!«.

Von da an nahm ich alle Geräusche und Stimmen um mich herum auf! Zum Beispiel ein komplettes Sonntagsbratenessen – inklusive Tischgebet meines Obbas, Schmatzen meiner Mutter und dem albernen Herumgickeln meiner Schwester. Ob die Silvesterfeier oder der Geburtstag meines Onkels – bei jeder Gelegenheit war ich mit dem Mikrofon zur Stelle.

Irgendwann reichte mir das zehnmalige Anhören von Katrins Gickeln nicht mehr, und ich fing an, selber alle Familienmitglieder und Verwandte mit meiner Stimme nachzuahmen und ganze Familientreffen in meinem Kinderzimmer nachzustellen. Dabei konnte ich ihnen sogar Wörter in den Mund legen, die sie im wirklichen Leben nie gebrauchten. So betete mein Großvater mit ergriffener Stimme folgendes Tischgebet:

»Ene dene dorz, der Teufel lässt 'n Forz.
Läßt'n in die Hose, stinkt nach Aprikose.
Amen.«

In meinen Hörspielen war ich der liebe Gott. Längst verstorbenen Personen hauchte ich Leben ein, wie zum Beispiel meiner Großtante Appolonia Appel von der Appelsmühle. Allmählich verschwand so die schwermütige Stimmung, die mich seit der Geschichte mit den Pilzen erfasst hatte. Aber ich wusste nun, dass um das Paradies ein Zaun drumherum war. Und der Himmel nur eine kleine Ecke vom Weltall.

Lektion Nr. 5:
Der Mensch ist auch nur ein Meerschweinchen!

Der Katholen-Check

Seit dem Erlebnis mit den Pilzen und meinem Meerschweinchen glaubte ich nicht mehr alles, was man mir erzählte. Auch bei den Märchen hatte ich plötzlich viele Fragen. Zum Beispiel Rapunzel. Wenn ein zartes junges Mädchen seinen Zopf aus dem Fenster hält und ein schwerer Prinz hängt sich unten dran, dann müsste das Mädchen doch eigentlich aus dem Fenster stürzen und sich alle Knochen brechen. Womöglich fiele es sogar auf den Prinzen drauf und beide wären vielleicht den Rest ihres Lebens an den Rollstuhl gefesselt.

Und im Zoo hatte ich selber einmal einen Wolf gesehen. Wie sollte denn bitte meine dicke Großmutter im Bauch eines Tieres Platz haben, das nicht größer ist als der Schäferhund vom Opa?

Eines Tages kam Direktor Weissenberger in unsere Klasse und sagte: »Kinder, es tut mir leid, der evangelische Religionsunterricht muss in den nächsten drei Monaten ausfallen. Eure Religionslehrerin Frau Kunze ist guter Hoffnung und wird bald niederkommen.«

Die Klasse schwieg, also hob ich die Hand. »Ja, Maddin?«

»Aber Herr Weissenberger, wenn man guter Hoffnung ist, kann man doch besonders gut unterrichten. Meine

Mutter sagt immer, die Lehrer sollen uns Mut machen.« Dass meine Mutter vor allem sagte, die Lehrer müssten uns Manieren beibringen, verschwieg ich an dieser Stelle.

Aber Herr Weissenberger hatte mich anscheinend nicht gehört, er sagte nur: »Also, während Frau Kunze nicht da ist, müssen die evangelischen Schüler mit in den katholischen Religionsunterricht gehen.«

Katholische Kinder waren mir am Anfang meiner Schulzeit etwas unheimlich gewesen, weil mein Obba mir mal erklärt hatte, dass die Katholen ganz viel sündigen. »Wenn ein Katholik lügt«, sagte mein Obba, »dann geht er in die Beichte, sagt, dass es ihm leid tut und schon ist der ganz Käs gegessen.«

Deshalb dachte ich, alle Katholen würden ständig lügen. Aber in der Schule schwindelten die katholischen Mitschüler auch nicht mehr als die evangelischen Kinder. Wahrscheinlich hatten wir nur ein schlechteres Gewissen als die Katholen. Schließlich mussten wir ja bis zum Jüngsten Gericht warten. Erst da würden uns die ganzen Lügen wieder verziehen. Wenn man sich vorstellt, was sich bis dahin so alles ansammelt an kleinen und großen Sünden – da haben die Katholen es doch eigentlich ganz clever geregelt mit der Beichte! Die sind wahrscheinlich schneller beim Jüngsten Gericht durch als mit ihrem Auto durch den TÜV. Während unsereins wohl länger brauchen wird als ein Nazi bei den Nürnberger Prozessen und Kachelmann zusammen.

Naja, damals war ich jedenfalls schon sehr neugierig auf den katholischen Ersatzreligionsunterricht. Und gleich in der ersten Stunde erklärte uns Herr Siebert, der einen seltsamen weißen Kragen unter dem Pullover trug und mit »Pfarrer Siebert« oder »Herr Pfarrer« angesprochen werden wollte, was eine Hostie ist: »Das Besondere daran ist: Die Hostie ist der Leib Christi. Zur besseren Anschauung habe ich euch eine mitgebracht. Als Priester habe ich immer Hostien dabei. Für den Fall, dass ich einem Christen in der letzten Stunde beistehen muss.«

Daraufhin meldete ich mich: »Das ist ja super! Ich bin auch Christ. Können Sie mir dann morgen in der letzten Stunde beistehen? Da haben wir immer Frau Baumann in Mathe, und ich will nicht schon wieder an die Tafel.«

Aber Pfarrer Siebert meinte eine andere letzte Stunde. Außerdem sah das, was er in die Höhe hielt, eher wie eine Backoblate aus. Also meldete ich mich wieder: »Die Dinger kenne ich, damit backt meine Omma an Weihnachten immer Lebkuchen.«

Pfarrer Siebert schüttelte den Kopf: »Nein, nein, Hostien sind etwas ganz anderes. Während der Messe in der Kirche wird daraus der Leib des Herrn. Das kann aber nur ein Priester.«

Die Klasse schwieg andächtig. Vor zwei Jahren hätte ich da bestimmt noch dran geglaubt, aber jetzt?

Ich beschloss, es mir am nächsten Sonntag genauer anzuschauen. Sollte die katholische Messe etwa viel spektakulärer sein als der evangelische Gottesdienst, in dem nur viel geredet wurde und es gar keine Zaubertricks gab? Und konnte man die katholischen Tricks ganz leicht lernen, oder musste man dazu wirklich Pfarrer sein? Vielleicht war es ja ganz einfach Humbug?

Mein Obba guckte etwas komisch, als ich von meinem

Vorhaben für den nächsten Sonntag berichtete. Aber weil es für die Schule war, gab es keine Einwände.

Am Sonntag zog ich meinen besten Anzug an, lila Samtcord mit braunem Hemd. Voller Erwartung stiefelte ich zu der katholischen Heiligkreuzkirche in Burgholzhausen. In dem barocken Gemäuer hatten sich lauter alte Leute versammelt, aber auch Eva Böger und Karl-Heinz Dilbert aus meiner Klasse sah ich in den Holzreihen knien. Warum die Katholen in den unbequemen Bänken auch noch ständig auf die Knie gehen, habe ich bis heute nicht verstanden. Aber beim Frisör machte ich es fortan genauso.

Pfarrer Siebert zog ein und trug ein prächtig geschmücktes Gewand, wie ein Zauberer. Er schwenkte ein Gefäß, aus dem Rauch aufstieg, dessen würziger Geruch mich ganz schwindelig machte. Vielleicht sollten diese Gase das Publikum empfänglicher für die Tricks machen? Ich rutschte auf meinem Sitz herum und wartete auf die Hostie. Nach langem Warten, zwischendrin fielen alle um mich herum ständig auf die Knie, es gab viel monotonen Singsang und noch mehr stinkenden Rauch, holte der Priester endlich die Hostien hervor.

Auch von hinten konnte ich sehen, dass es ganz gewöhnliche Backoblaten waren, die in einer Schale über den Altar gehalten wurden. Pfarrer Siebert sprach irgendwas von »Gott, Schöpfer des Lebens« und »Brot des Lebens«, aber die Backoblaten blieben Backoblaten. Dann gab es wieder lange Gebete und viel Gesinge.

Am Ende brach der Priester die Oblaten in kleine Stücke. Aber auch jetzt verwandelten sie sich kein bisschen, naja, es wurde krümelig, aber was ist das denn bitte für ein billiger Zaubertrick? Kein schönes Brötchen und schon gar nicht der Herr Jesus. Vielleicht hatte mein Obba ja doch recht: Die Katholiken lügen, dass sich die Balken biegen. Und ein katholischer Pfarrer wie Herr Siebert konnte ja noch mehr lügen, weil er es sich dann einfach selber wieder beichten konnte!

Gleichzeitig war ich ein bisschen erleichtert, weil ich am Schluss der Messe sah, dass die Katholen alle eine zerbrochene Backoblate essen mussten. Man stelle sich nur vor, sie würden tatsächlich ein Stück von Jesus runterschlucken, ekelig. Dann schon lieber eine pappige Backoblate. Obwohl, vielleicht sollte ich den Katholen mal Lebkuchen von meiner Oma mitbringen?

In der nächsten Stunde stellte ich Pfarrer Siebert zur Rede. »Stimmt es eigentlich, dass die Backoblate in der Messe zu Jesus wird, Herr Pfarrer?«

»Lieber Maddin, das heißt erstens Hostie. Aber zweitens hast du recht.«

»Und wer macht das, dass die Hostie zu Jesus wird?«

»Das macht der Priester.«

»Haben Sie das letzten Sonntag in der Messe auch gemacht?«

»Natürlich, das mache ich in jeder Messe.« Dabei blieb er vollkommen ruhig und wurde noch nicht einmal rot.

»Das stimmt überhaupt nicht!«, rief ich, »ich war da, und die Hostie, die Sie in die Höhe gehalten haben, die hat sich überhaupt nicht verändert, die war bis zum

KNACK

Schluss überhaupt nicht Jesus, sondern eine Backoblate wie von meiner Omma!«

Pfarrer Siebert blieb völlig ruhig – wenn meine Mutter mich dabei erwischt, dass ich meine Hausaufgaben nicht gemacht habe, bin ich doch auch immer sehr zerknirscht; dann ist nämlich die Strafe milder. Er sagte seelenruhig: »Das ist ein mystischer und heiliger Akt, in dem sich die Hostie in den Leib des Herrn wandelt. Das ist das Geheimnis des Glaubens. Du kannst es nicht sehen, Maddin, das ist völlig normal, du musst es eben glauben.«

»Dann essen alle Leute im Gottesdienst ein Stück von Jesus?«

»Ja, in gewisser Weise schon. So nehmen wir den Leib des Herrn in uns auf.«

Natürlich war mir sofort klar, dass der Mann einfach nur Unsinn redete. Dann würde man Jesus ja runterschlucken und auch verdauen. Und dann würde man ihn auf dem Klo als dicke, braune Wurst in der Porzellanschüssel entsorgen. Manchmal sagte meine Omma zwar »mein Gott!«, wenn der Obba auf dem Klo war, aber schon damals war mir klar, dass das andere Gründe hatte.

»Pfarrer Siebert, das ist doch alles Blödsinn!«, sagte ich. »Sie können doch jetzt ruhig zugeben, dass Sie gelogen haben. Lügen ist zwar eine Sünde, aber für Sie als Katholen ist das ja nicht so schlimm: Sie brauchen ja bloß zu beichten und die Sache ist geritzt.«

Ohne ersichtlichen Grund wurde Pfarrer Siebert sehr, sehr böse und beschimpfte mich lautstark mit den schlimmsten Ausdrücken, die ihm gerade in den Sinn kamen: »Du Dorftrottel! Du Rotznase! Du Bauerntrampel!«

Und ehe ich mich versah, klebte er mir eine saftige Ohrfeige.

»Du, du, du …«

Vor lauter Wut fielen ihm keine Worte mehr ein.

Noch nie hatte ich vorher einen Menschen so wütend gesehen. Sein Augen funkelten hasserfüllt, sein Gesicht war schrecklich verzerrt – kein Zweifel: In den armen Herrn Pfarrer Siebert war just in diesem Augenblick der Teufel gefahren! Dass ich so was aus nächster Nähe miterleben konnte! Das war einfach fantastisch! Großartig!

Mit dieser grandiosen Vorstellung war ich jetzt doch wieder überzeugt davon, dass die Katholen so einiges zu bieten haben, was es sonst nur im Zirkus oder im Film gibt. Auch wenn der Trick mit den Backoblaten nicht so überzeugend war.

Lektion Nr. 6:
Wer in der Kirche Backoblaten isst, bekommt deshalb noch lange keinen Heiligen Stuhl!

Wenn ein Kuss in die Hose geht

Vom dritten bis zum vierten Schuljahr war ich Klassenbester im Knutschen. Von Natur aus genoss ich Vorteile gegenüber meinen Klassenkameraden, denn ich hatte schon als kleiner Junge sehr dicke, fleischige Lippen. Deshalb nannten mich viele Klassenkameraden auch anerkennend »Bimbo«.

Das regelmäßige Knutschen und Saugen war dann auch sehr förderlich für die Durchblutung und Entwicklung meiner Mundpartie. Je mehr ich also knutschte, umso voller wurden meine Lippen.

In den ersten Jahren war die Knutscherei für mich ja nur die Fortsetzung des Saugens an der Mutterbrust. Während des vierten Schuljahres begann sich das allerdings zu ändern: Das Knutschen führte immer öfter dazu, dass auch in ein weiteres Körperteil mehr Blut schoss als üblich. Es gab wohl eine geheime Verbindung zwischen Unterkiefer und Unterhose. Immer öfter bekam ich beim Knutschen ein stattliches Hörnchen.

Da die beim Küssen Beteiligten nicht sehr weit auseinanderstehen, können sie sich natürlich auch mal an Stellen berühren, die mit dem Küssen nicht in direktem Zusammenhang stehen. So passierte es mir einmal beim Knutschen mit Simone Bärlauch, unserem Mathe-Ass. Versehentlich stieß sie mit ihrer Hand an meinen Eiffelturm. Da half auch meine dicke Cordhose nicht.

»Was hast du da?«

»Na ja, ich bin gestern vom Fahrrad gefallen. Und jetzt hab ich da eine Schwellung.«

»Oje, so groß! Das muss doch höllisch wehtun?«

»Geht so.«

Simone war ein liebes Mädchen und sehr fürsorglich, sie war ja auch bei den Pfadfindern. Ihr spontanes Mitgefühl war so groß, dass sie sofort mit mir zum Direktor Weissenberger gehen wollte, der gleichzeitig auch Schulsanitäter war. Das konnte ich gerade noch so verhindern.

Am nächsten Morgen aber holte mich Frau Baumann im Mathematikunterricht an die Tafel für eine verzwackte Rechenaufgabe. Ich konnte mich überhaupt nicht auf die Rechnerei konzentrieren, da mir die Sache mit Simone noch im Kopf rumging. Werde ich jetzt immer beim Küssen eine Schwellung bekommen? Und muss ich dann allen Mädchen sagen, dass ich vom Fahrrad gefallen bin? Irgendwann spricht sich das doch rum.

Frau Baumann wurde langsam ungeduldig: »Na, stell dich doch nicht so an. So schwer ist das doch nicht!«

Da rief die stets hilfsbereite Simone: »Dem Maddin geht es nicht so gut, Frau Baumann. Er ist gestern vom Rad gefallen und hat eine Riesenschwellung zwischen den Beinen! Das hab ich selbst gespürt!«

Einige Jungs in der Klasse lachten sich halb tot, Frau

Baumann verschlug es die Sprache und ich wäre am liebsten im Erdboden versunken.

Lektion Nr. 7:
Ein Maddinshorn braucht kein Martinshorn!

Ein Trick und seine Folgen

Zur fünften Klasse wechselte ich auf das Gymnasium unserer Kreisstadt. Das Schöne daran war vor allem, dass ich auf einen Schlag ganz viele neue Mädchen kennenlernte!

Eines davon hatte es mir besonders angetan: Carola Steuernagel, die Tochter unseres Geschichtslehrers. Als ich sie zum ersten Mal sah, bekam ich direkt eine Gänsehaut – sie war wunderschön! Wie eine Märchenprinzessin. Und zwar eine mit Brüsten. Im Gegensatz zu den meisten Mädchen unserer Klasse. Unter der engen Bluse oder dem weißen T-Shirt konnte ich sie durchschimmern sehen. »Tierisch!« »Rattenscharf!« »Sensationell!« Wir Jungs konnten kaum fassen, was wir da sahen.

Selbst im Fernsehen bekamen wir damals fast nie eine weibliche Brust zu sehen. Höchstens mal Ingrid Steegers Busen in *Klimbim*. Dann fiel man vor Aufregung fast von der Couch!

Der kleine Busen von Carola Steuernagel war definitiv das Aufregendste, was es im ganzen Universum zu entdecken gab.

Ich war fest entschlossen, Carola zu meiner neuen Knutschfreundin zu machen. Spontan konnte ich mir vorstellen, auch an anderen Stellen bei ihr zu saugen. Aber irgendwie konnte ich sie nicht richtig ansprechen:

»Hallo, ich, äh, also, ich will, ich hätte da mal eine Frage, wenn es dir nichts ausmachen würde, also, äh …«

Normalerweise hatte ich die Sache immer ruckizucki klargemacht. In Carolas Nähe brachte ich keinen geraden Satz heraus. Als hätte die neue Verschaltung zwischen Unterlippe und Unterhose auch eine negative Auswirkung auf mein Sprachzentrum.

Ein einziges Mal nur schien es so, als könnte ich mit ihr in Kontakt kommen. An der hinteren Wand des Klassenzimmers hingen die schönsten Bilder aus unserem Zeichenunterricht. Eines Morgens betrachtete Carola während einer Fünfminutenpause die Kunstwerke. Und tatsächlich gelang mir ein korrekt gebauter Satz: »Welches Bild gefällt dir am besten?«

Ohne Zögern deutete sie auf einen riesigen Kastanienbaum mit ganz vielen zitronengelben Schmetterlingen in den Blättern.

»Das da!«

Volltreffer! Meins! Damit war ich der Held vom Feld.

»Wenn du willst, male ich dir auch ein Bild!«

»Au ja! Kannst du auch eins mit Pferd?

»Klar!«

Mist!

So ein verfluchter Mist aber auch!

Warum ausgerechnet ein Pferd?

Ich konnte so toll Indianer malen! Oder Eisenbahnen! Eigentlich konnte ich alles malen – aber keine Pferde!

Von da an malte ich jeden Tag stundenlang Pferde. Die sahen mal aus wie ein Hund, mal wie ein Kamel – aber nie wie ein Pferd.

Dann kam mir die rettende Idee: Ich gab ihr ein paar Wochen später in der Fünfminutenpause einfach ein leeres, weißes Blatt in die Hand.

»Was soll das denn sein?«

»Na, ich hab dir doch ein Pferd gemalt«.

»Du lügst! Da ist doch gar nichts drauf!«

»Do-hoch! Aber das Pferd ist unsichtbar. Es kommt erst zum Vorschein, wenn du mich ganz doll küsst.«

So kam ich zu dem heißersehnten Kuss von Carola Steuernagel!

Was für ein Engel sie war, ein überirdisch schönes Wesen, ich spitzte meine fleischigen Lippen und versank ganz in dieser himmlisch, süßen …

»Ja, warum setzt du dich denn nicht endlich hin?!«

Wie aus der Hypnose erwacht öffnete ich die Augen, meine gespitzten Lippen hingen alleine in der Luft. Wo war Carola? Unsere Klassenlehrerin sah mich auffordernd an. »Warum stehst du da so komisch?«

Drei Schritte rechts von mir stand Carola und starrte auf das weiße Blatt. »Du Lügner! Du hast mich reingelegt! Du brauchst mir nicht mehr zu kommen!« Und zack, hatte ich eine sitzen!

Weiter als bis zum Kuss hatte ich natürlich überhaupt nicht gedacht.

Lektion Nr. 8:
Man soll einer Frau nichts vom Pferd erzählen!

Die Sonntagsmaddinee

Das Erlebnis mit Carola hat mich bei den Mädchen um Jahre zurückgeworfen. Auch meine Knutschkarriere war mit einem Mal dahin. Denn ich wollte nur noch Carola küssen. Sie ging mir einfach nicht aus dem Kopf. Tag und Nacht musste ich an sie denken.

Zur Ablenkung kaufte ich mir von meinem Ersparten eine Posaune, auf der ich täglich stundenlang übte. Ich brauchte ja einen Ersatz für das Küssen, und da ist eine Posaune ganz gut geeignet. Immerhin bleibt man so im Training – das Blasen trainiert die Lippen und die Backenmuskulatur.

Außerdem hatte ich ein neues Ziel: Innerhalb von zwei Monaten wollte ich ein kleines Ständchen für Carola auf der Posaune einstudieren. Mein Onkel Heinrich, der schon jahrzehntelang im Posaunenchor unserer Kirchengemeinde spielte, gab mir Unterricht.

Fest entschlossen, Carola mit meiner musikalischen Kunst zu beeindrucken und ihr eine romantische Melodie vorzublasen, übte ich jeden Tag bis zur vollkommenen Erschöpfung. Zuerst musste ich dem Instrument überhaupt irgendeinen Ton entlocken. In der zweiten Woche wagte ich mich an Tonleitern heran und quälte mich an diesen ganze drei Wochen. Vor lauter Hingabe bluteten manchmal meine Lippen. Doch für Carola nahm ich alles in Kauf, litt ich heldenhaft.

Sie sollte sich von meiner holden Melodei hinauftragen lassen zu den Sternen! Und mit einem Lächeln herabrufen: »Das mit dem Pferd ist vergeben und vergessen, mein lieber, süßer Posaunenengel!«

Aber welches Lied war für diesen Anlass angemessen? Einerseits dürfte es nicht viel schwerer sein, als die B-dur-Tonleiter, andererseits sollte es ihr Herz zum Schmelzen bringen! Endlich entschied ich mich für »Dornröschen ist ein schönes Kind«.

Die 26 Noten des Stücks konnte ich mir durchaus merken. Mit diesem Lied würde ich Carola zeigen: Du bist so schön wie eine Märchenprinzessin. Und es bedarf nur eines Prinzen wie mir, dich aus deinem Dornröschenschlafe wachzublasen!

An einem nasskalten Sonntagmorgen im April stand ich mit einer Posaune in der Hand auf einer Wiese vor einem Reihenhaus in der kleinen Neubausiedlung unseres Dorfes. Ich war in Hochstimmung, der legitime Nachfolger von Walther von der Vogelweide, ein höfischer Minnesänger, der um die Gunst seiner Herzensdame anhielt. Aus voller Lunge blies ich in die Posaune. Ein morgendliches Sonntagskonzert für meine geliebte Prinzessin mit den schönsten Brüsten ganz Hessens.

Die erste Strophe blieb noch ohne irgendeine Reaktion, also spielte ich direkt danach die zweite. Und danach die dritte, dann die vierte, die fünfte. Schließlich hatte ich zwanzig Strophen hintereinander geblasen, aber an ihrem Fenster regte sich nichts.

War ich zu leise? Schlief sie so tief, dass mein Ständchen nicht zu ihr durch die Scheiben drang?

Meine Ausdauer war grenzenlos. Fast zwei Stunden lang spielte ich. Immer wieder dieselbe Melodie. Ich blies mich förmlich in eine Art Trance.

Auf einmal so etwas wie Applaus.

Carola?

Eine fast neunzigjährige Rentnerin im Rollstuhl klatschte frenetisch in die Hände. Neben ihr stand eine dicke Pflegerin mit verschränkten Armen und sah mich misstrauisch an.

Gegenüber von der Reihenhaussiedlung lag das Altenwohnheim »Taunusblick«. Mein Konzert hatte einige ältere Heimbewohner aus ihren Zimmern gelockt. Im Garten hatte sich trotz strömenden Regens eine Gruppe älterer Damen und Herren in Morgenmänteln versammelt. Sie dachten, der evangelische Posaunenchor gäbe für sie ein kleines Konzert. Auch wenn ich der einzige Bläser war und immer nur dieselbe Melodie spielte, hatten sie offensichtlich große Freude an dem morgendlichen Frühkonzert.

Und was war mit Carola? Das erfuhr ich erst Jahre später: Sie war ausgerechnet an jenem Wochenende mit ihrer Familie zu ihren Großeltern zum Vogelsberg gefahren.

Lektion Nr. 9:
Frauen, die nicht da sind, können nicht kommen!

Eine plötzliche Verwandlung

Am 7.7.77 geschah etwas, das mich erst einmal vollkommen umhaute. Es war so unheimlich, so unglaublich und so unfassbar, dass ich dieses Datum mein Leben lang nicht vergessen werde. Die Folgen dieses Ereignisses waren so weitreichend für meine Zukunft, wie ich es mir in meinen kühnsten Träumen nicht hätte vorstellen können!

Die erste Stunde hatten wir Erdkunde bei Frau Richterkött.

Auch Frau Richterkött nahm keine Rücksicht darauf, dass mir in den Vormittagsstunden überhaupt nicht zum Reden zumute war. Immer noch versuchte man, in aller Herrgottsfrühe vollständige Sätze aus mir herauszupressen. So auch an jenem Morgen.

»Was weißt du über Afrika, Maddin?«

Ich wollte die Sache hinter mich bringen und antwortete deshalb für meine Verhältnisse schnell – und sogar im ganzen Satz. »In Afrika gibt es die meisten Säugetiere der Welt!«

Obwohl daran überhaupt nichts Sensationelles ist, war die Reaktion darauf so, als sei ein Ufo im Klassenzimmer gelandet. Frau Richterkött und meine Klasse sahen mich mit offenem Munde an.

Und auch ich selbst war völlig verdutzt.

Das Besondere war gar nicht der Inhalt meines Satzes. Nein, sondern meine Stimme. Ein extrem tiefer Bass! Wo war mein glockenhelles Stimmlein von gestern hin verschwunden? Jetzt sprach ich eher wie John Wayne und Clint Eastwood, kernig, knallhart, erwachsen. Okay, ein leichtes Kratzen und Schleifen, als hätte ich lange nicht gesprochen, aber sonst ganz klar: Westernheld.

Ich bekam Angst vor mir selber, konnte ich jetzt schneller als mein Schatten ziehen? Vielleicht hatte ja der Teufel von mir Besitz ergriffen wie einst von Pfarrer Siebert? Sprach aus mir des Satans gespaltene Zunge?

Den ganzen Tag über traute ich mich nicht mehr, den Mund aufzumachen. Am Abend schloss ich mich in mein Zimmer ein. Ich holte tief Luft und sprach ein paar Sätze in mein Mikrofon. »Isch bin de Maddin. Isch wohn in Burgholzhause. Die Carola hat die schönste Brüst von ganz Hesse.«

Gott sei Dank, aus meinem Mund kamen immerhin noch meine eigenen Gedanken und Worte. Also wohl doch nicht der Teufel. Obwohl der sich sicher auch für Carolas Brüste interessiert hätte.

Aber meine Stimme war und blieb eine ganz andere. Wunderbar weich, tief und voll. Eine Stimme, wie geschaffen für Bahnhofsansagen: »Burgholzhausen, hier Burgholzhausen!« Oder für die Internationale Hitparade im Radio: »Hallo, hier ist wieder euer Maddin mit den größten Hits der Hessen!«

Meine Stimme war der Hammer. Obwohl von nun an alle über mich lachten, wenn ich etwas im Unterricht sagte, vor allem die Mädchen. Ich wertete das als gutes

Zeichen. Wer mag es nicht, wenn Frauen lachen. Mit meiner Fähigkeit würde ich die Herzen aller Mädchen erobern! Jahre später bestätigte mein Freund François, ein wahrer Frauenkenner aus Paris, diese Theorie. Die Franzosen haben sogar ein Sprichwort dafür: Eine Frau, die lacht, ist schon zur Hälfte in deinem Bett.

Angeblich reimt sich das auf Französisch, aber mir reichte schon das Hessische als Verführersprache, das ja immerhin ein paar französische Wörter enthält. So sagen wir zum Beispiel auch »Trottoir«, »Fisage« und »Bagage«. Diese Wörter alleine klingen ja schon sehr erotisch, und nun hatte ich noch dazu in meiner Klasse die mit Abstand tiefste Stimme. Sie war sogar tiefer und männlicher als die unseres Sportlehrers Mathias Schönefeld, der von den Mädchen abgöttisch verehrt wurde.

Mich bewegte aber nur eine Frage: Wie würde Carola auf ein direktes Ansprechen reagieren? Was ich sagen würde, war ja eigentlich egal, Hauptsache, kratziger Schmusebass! Mit meiner Zauberstimme würde ich ihr Herz innerhalb von Sekunden erobern!

Also sprach ich Carola noch einmal an. Vor der großen Pause. Obwohl mir mein Herz bis zum Halse schlug, war ich überzeugt: Diesmal gibt sie mir keinen Korb! Im Geheimen wartet sie nur darauf, dass ich sie endlich anspreche. Sie sehnt sich nach meinen Küssen!

Gut, Carola knutschte in den Pausen unverhohlen mit Tommy Decker, der zwei Klassen über uns war und schon Mofa fuhr, aber das konnte eigentlich nur bedeuten, dass sie immer an mich dachte.

Ich stellte mich ihr in den Weg, sah sie an und öffnete

den Mund. Stille. Vor Aufregung fiel mir nichts ein, mein Hirn war leer wie in der Mathestunde an der Tafel. Ich war meinem Ziel so nahe, noch zwanzig Zentimeter bis zum nächsten Kuss mit Carola. Zum Glück gab es meine einzigartige Geheimwaffe. Ein »Hallöchen«, zärtlich in ihr Ohr gesäuselt, der Rest ergäbe sich von selbst.

Aber ausgerechnet in diesem Augenblick versagte meine Stimme. Ich klang wie eine verstopfte Mülltonne. Kein einziges Wort brachte ich heraus. Nur: KRRR, PRRR, SCHRR.

Meine Birne lief knallrot an, Carola musterte mich spöttisch mit blitzenden Augen. Mit eingezogenem Kopf schlich ich davon.

Ob doch der Teufel seine Hände mit im Spiel hatte?

Eine halbe Stunde später nahm ich zu Hause meine Stimme zur Kontrolle mit meinem Kassettenrecorder auf. Und wieder klang sie wie eine Mischung aus Barry White, Gilbert Bécaud und Heinz Schenk: »Trottoir, Pissoir, Blamage …«

Lektion Nr. 10:
Rutscht das Herz in die Hose, ist die Stimme auch im Arsch!

Wie der Maddin einmal bei einem unverschämten Arzt war, der seine Finger nicht bei sich behalten konnte

Je näher ich aufs Abi zusteuerte, desto mehr Feste gab es, die auch ohne Geburtstag gefeiert wurden. Die hießen dann Party oder Fete. Ich wurde gerne eingeladen, weil ich immer den sensationellen Nudelsalat meiner Oma mitbrachte. Zu diesen Feten ging ich immer mit gemischten Gefühlen: Einerseits freute ich mich auf die süßen Mädels, die es auf solchen Partys besonders darauf anlegten, zu verführen und verführt zu werden. Andererseits war seit meinem Erlebnis mit Carola nichts mehr mit einem Mädchen gelaufen. Vielleicht lag es auch daran, dass ich beim Biertrinken immer der Langsamste war. Während sich die anderen alle schon ihren Verstand und ihre Hemmungen weggesoffen hatten, nuckelte ich immer noch an meiner ersten Flasche Bier herum und konnte nur dabei zusehen, wie sie sich alle aufeinanderwarfen und schmatzend ineinander verkeilten. Zum Schluss waren also alle schwer miteinander beschäftigt außer mir und Wolfgang Pauly. Der konnte bei der Massenknutscherei deshalb nicht mitmachen, weil er immer schon nach einer Stunde sackrabennacht zu war. Wolfgang war sehr stolz darauf, dass er eine Flasche Apfelkorn in einer halben Stunde trinken konnte. Obwohl er doch durch die Eile gar keinen Genuss mehr hatte! Trotzdem bestand Wolfgang auf jeder Fete darauf, sein Kunststück vorführen zu dürfen. Das endete immer gleich. Wolfgang musste sich übergeben – nur selten schaffte er es bis aufs Klo – und schlief dann irgendwo ein. Als wir bei Gaby Fendler im ersten Stock auf dem Balkon gefeiert haben, reiherte Wolfgang den Nudelsalat meiner Oma direkt in eine Schüssel Nudelsalat des Nachbarn, der unter uns auf der Terrasse ebenfalls grillte. Obwohl der Nudelsalat meiner Oma bestimmt eindeutig der bessere war, hatte er so den Nudelsalat des Nachbarn ungenießbar gemacht.

Auf den Feten unterhielten sich meine Klassenkameraden häufig über die Bundeswehr. Manche kannten sich unglaublich gut aus mit den verschiedenen Panzerfabrikaten und den Düsenjägern, und was es da an lautem Maschinengedöns so alles gab. Mich interessierten diese Sachen nicht – ich hatte als Bub noch nicht einmal ein Panzerquartett, und wenn alle anderen Räuber und Gendarm spielten, lag ich lieber im Gras und lauschte Onkel Willi. Deshalb hörte ich auch nicht besonders aufmerksam zu, wenn die Jungen über die Musterung sprachen. Ich machte mir keine großen Gedanken über die Bundeswehr. Als ich dann schließlich eine Einladung zur Musterung bekam, war ich erst mal ganz schön überrascht. Aber grundsätzlich freue ich mich immer, wenn ich eine Einladung bekomme, und so hab ich sie auch angenommen und bin zum *Kreiswehrersatzam*t gefahren. Wer sich wohl so einen blöden Namen ausgedacht hat, ein Hesse bricht sich bei einem solchen Wort ja die Zunge!

An einem Donnerstagmorgen war ich um Punkt 8:00 Uhr in Eschborn Süd und lief zu dem Gebäude mit dem schwierigen Namen.

»Wer sind Sie denn?«, fragte mich gleich am Eingang ein Herr in schneidiger Uniform mit kurzem Bürstenhaarschnitt.

»Na, de Maddin Schneider.«

»Können Sie das belegen?«

»Sie sind mir ja ein lustiger Vogel. Erst schicken Sie mir eine Einladung, dann wissen Sie gar nicht, wer ich bin!«

»Wollen Sie hier frech werden, oder was? Einen amtlichen Lichtbildausweis, aber zack,zack!«

Aber außer meinem Ausweis für die Stadtbibliothek von Bad Homburg hatte ich ja gar nichts dabei, ich war doch eingeladen! Unter seinen gestriegelten Haaren wurde der Herr immer röter, eine blaue Ader klopfte an seiner Schläfe. Als ich dachte: »Gleich explodiert er!«, ließ er endlich von mir ab. »Sie halten den ganzen Betrieb auf, also gehen Sie jetzt endlich weiter.«

Ich schlenderte in einen großen Raum, wo noch einige andere Jungs in meinem Alter waren – besonders exklusiv war die Einladung also nicht. Noch so ein uniformierter Herr sprach uns unhöflich an: »Ziehen Sie sich aus bis auf die Unterhose. Wir werden Sie wiegen und Ihre Größe messen. Außerdem benötigen wir eine Urinprobe.«

Hatte ich mich verhört? »Wir haben noch kein Wort miteinander gewechselt und schon soll ich mich ausziehen?«, fragte ich. »Könnte ich bitte erst einmal eine Tasse Kaffee haben und dazu vielleicht ein Croissant? Ich würde auch ein Butterhörnchen nehmen, wenn es keine Croissants mehr gibt. Danach können wir uns gerne unterhalten.«

Der Herr sah mich sehr erstaunt an, also erklärte ich ihm die Lage: »Sie müssen uns doch erst einmal erzählen, was uns denn überhaupt bei der Bundeswehr erwartet. Wer weiß, ob das für jeden von uns überhaupt das Richtige ist. Und all die, die lieber nicht zum Bund gehen wollen, die können dann doch besser gleich heimgehen – ohne Ausziehen und gleich wieder Anziehen. Ist doch viel praktischer so.«

Der Mann wurde ebenfalls puterrot, und ich fragte mich, ob denn alle bei der Bundeswehr an Bluthochdruck litten so wie meine Großtante Appolonia? Dagegen gab es doch Medikamente! Er kam ganz nah an mich heran und sagte in sehr unfreundlichem Ton: »Wollen Sie etwa verweigern?«

Das Wort »verweigern« benutze ich persönlich ungerne. Es klingt so negativ. Ich verweigere ja auch keine Lasagne, wenn ich lieber eine Pizza Funghi essen möchte. Nein, die Frage war ganz falsch gestellt. »Das kann ich Ihnen so noch nicht sagen«, erklärte ich, »ich weiß ja noch gar nicht, was mich erwartet. Erzählen Sie doch mal ein bisschen, ich bin sehr neugierig.«

»Was bilden Sie sich ein, ausziehen und fertig machen zur Untersuchung!« brüllte er, der Hals schwoll über dem Uniformkragen zu einem fetten Kropf heran.

»Ich bin neugierig, aber nicht taub«, sagte ich »und ich bin ein bisschen enttäuscht, dass Sie gar nichts wissen. Oder wollen Sie mir etwa vorher nichts verraten?«

»Ihnen bringen wir hier schon noch Manieren bei!« Mit aufgeblähten Nüstern wie ein Pferd schnaubte der Mann mir ins Gesicht.

»Im Gegensatz zu Ihnen bin ich ganz höflich und habe gute Manieren«, sagte ich. Der Mann hatte einfach eine völlig andere Lebensphilosophie als ich. Aber weil ich schon mal dort war, konnte eine kleine ärztliche Untersuchung ja nicht schaden.

Ich wurde also gewogen und gemessen und dann sollte ich in ein Röhrchen pinkeln. Dabei musste ich doch gar nicht. Ich war ja extra zu Hause noch mal gewesen. Damit ich bei denen nicht müssen musste. Man weiß ja nie, wie es woanders so ist mit den Toiletten. Generell gehe ich nur im Notfall auf fremde Klos – wegen der Hygiene.

Dafür hatte der Arzt aber kein Verständnis! Ich sollte ihm unbedingt eine Portion ins Röhrchen machen, sonst wollte er mich nicht weglassen. Da ging bei mir natürlich erst recht nichts. »Ich bin doch nicht Ihr Pissmännchen!«

»Was erlauben Sie sich?«

Ein handfester Streit hing in der Luft. Da ich aber ein eher friedliebender Mensch bin und sowieso schon genug seltsame Unverschämtheiten an diesem Tag erlebt hatte, machte ich einen Vorschlag zur Güte: »Ich geh jetzt erst mal einen Kaffee trinken und esse eine Kleinigkeit. Und in einer halben Stunde schau ich noch mal, was sich machen lässt.«

Mit dem Röhrchen in der Jackentasche verließ ich den Untersuchungsraum und machte mich auf die Suche nach einer Caféteria. Aber das war vielleicht ein Laden: Nirgends konnte man auch nur ein kleines Käffchen trinken! So verprellen die sich doch ihre Kundschaft.

In einem der vielen Flure traf ich zufällig Wolfgang Pauly, der an diesem Tag auch zur Musterung eingeladen war. Ich erzählte ihm brühwarm von meiner gescheiterten Urinprobe und zeigte ihm mein leeres Röhrchen. »Kein Problem«, sagte er, »kriegst was von mir!« Echte Kumpels helfen einander halt immer aus.

So konnte ich dem Arzt also doch noch eine kleine Freude machen – mit dem apfelgelben Mittelstrahl von Wolfgang Pauly.

Wolfgang selbst hatte an diesem Tag übrigens auch getrickst. Er hatte dem Arzt den Urin seiner zuckerkranken Tante untergejubelt: »Damit sie mich nicht nehmen!«

Später erfuhr ich dann, dass man anhand der Urinprobe bei Wolfgang Pauly eine Schwangerschaft festgestellt hatte.

Mit der Urinprobe war die Untersuchung beim Arzt aber noch nicht abgeschlossen. Er stellte mir lauter komische Fragen – wie viel Alkohol trinken Sie? Rauchen Sie? Nehmen Sie Drogen? Was ging ihn das denn bitte an? Und dann plötzlich, ohne Vorwarnung, greift mir der Arzt in den Schritt. Ich bin da sehr empfindlich und außer mir hatte sich zu dem Zeitpunkt noch keiner da unten zu schaffen gemacht. Erschrocken sprang ich zurück und rief »Finger weg! Oder ich hole die Polizei!« Doch der Arzt bellte mich an: »Seien Sie ein Mann, da ist doch nichts dabei.«

Langsam stieg in mir die Galle hoch, anscheinend

macht die Bundeswehr alle sofort zu wütenden Schreihälsen. Selbst so friedliebende Zeitgenossen wie mich. »Das sind meine Kronjuwelen und mir macht das schon was aus. Wenn Sie so großen Spaß daran haben, dann nehmen Sie gefälligst Ihre eigenen«, brüllte ich.

»Sie stellen sich an wie ein kleines Mädchen«, sagte er.

Genug ist genug. Ich sah ihm fest in die Augen. »Aha, so«, sagte ich, machte einen Satz nach vorne und griff ihm in den Schritt und zwar genau so, wie er es bei mir getan hatte. Er quiekte auf, taumelte zurück, trat dabei mit der rechten Ferse gegen ein Stuhlbein, strauchelte und versuchte sich im Drehen an der geöffneten Tür eines Hängeschrankes festzuhalten. Dabei riss der Hängeschrank aus der Verankerung und begrub den fallenden Arzt unter sich. Ich entschuldigte mich, aber nur zögerlich, der Arzt war schließlich selbst schuld – so was tut man einfach nicht, und verließ den Raum.

Zum Schluss saß ich wieder bei einem Musterungsbeamten, uniformiert, akkurater Haarschnitt, aber eine sehr gesunde Gesichtsfarbe. »Sie sind tauglich und können zur Bundeswehr. In Ihrem Einberufungsbescheid werden alle weiteren Details mitgeteilt.« Mit der Hand wies er auf die Tür.

»Ach, das ist doch gar nicht nötig, dass Sie sich bei mir melden«, sagte ich. »Ich muss mir das alles noch mal gründlich überlegen. Und bei Bedarf komme ich auf Ihren Vorschlag zurück. Wenn's dann mal irgendwie passt.«

Damit war aber das Thema Musterung noch nicht ganz zu Ende.

Mein Pröbchen mit der Leihgabe von Wolfgang Pauly

zog noch ungeahnte Folgen nach sich: Eine Woche nach meiner Musterung bekam ich Besuch von der Drogenfahndung. Die Beamten suchten »Gras« in meinem Jugendzimmer. Draußen war zwar frisch gemäht, aber ich wäre nie auf den Gedanken gekommen, Gras in meinem Zimmer zu lagern. Wozu denn auch? Was bitte hat Gras überhaupt mit Drogen zu tun? Und wie kamen Spuren von Gras in das Pröbchen?

Ob Wolfgang, dessen Eltern eine Landwirtschaft hatten, mir vielleicht gar nicht seinen eigenen Urin gegeben hatte – sondern frische Kuhpisse? So ein Schlawiner!

Lektion Nr. 11:
Wer andere für sich pinkeln lässt, muss die Folgen selbst tragen.

Das Schnuppertruppenpraktikum

Obwohl ich dem Mann von der Musterungskommission versprochen hatte, mich bei Gelegenheit bei ihm zu melden, verlor ich die Sache mit der Bundeswehr schnell aus den Augen. Ich war ja noch mit anderen Dingen beschäftigt, wie zum Beispiel dem Abitur. Doch dann kam der Einberufungsbescheid – hatten die sich also doch nicht an die Abmachung gehalten – und darin stand, dass ich am 1. Oktober beim Bund anfangen sollte. Ich notierte das Datum ganz sorgfältig auf einem Zettel, der aber kurze Zeit später spurlos verschwunden war. Ich habe bis heute meine Schwester in Verdacht, die räumt nämlich immer auf.

Aber ich habe mir gedacht, wenn so viele andere Leute pünktlich da sind, dann kommt doch keiner drauf, dass ich fehle. Ich hab mir gedacht, das ist wie bei Spaghetti, die zählt ja auch keiner nach, Hauptsache, der Teller ist voll und man wird satt. Und beim letzten Mal wusste da ja auch keiner, wer ich bin, obwohl sie mich selbst eingeladen hatten.

An einem schönen Altweibersommertag im Oktober standen auf einmal morgens zwei Feldjäger vor der Tür. Bis dahin wusste ich gar nicht, dass man Felder jagen kann. Die Felder, die ich kannte, lagen meist vollkommen regungslos in der Landschaft herum und brauchten nicht gejagt zu werden. Es stellte sich dann aber heraus, dass die Feldjäger die Fahrer der Bundeswehr sind.

Die beiden wollten mich abholen und zur Kaserne fahren. Obwohl ich noch etwas müde war, freute ich mich über den bequemen Abholservice, den man extra für mich eingerichtet hatte. Und gleich zwei Chauffeure, ein sehr gutes Zeichen – wahrscheinlich freute man sich schon sehr auf mich! Die schöne Fahrt in dem romantischen, klapprigen Jeep genoss ich dann auch in vollen Zügen. Es ging größtenteils über Landstraßen durch die frühherbstliche Natur, bis wir nach anderthalb Stunden an der Herrenwald-Kaserne in Stadtallendorf ankamen.

Auch wenn die Kaserne in landschaftlich sehr reizvoller Lage stand, überkam mich beim ersten Anblick kein typisches Urlaubsgefühl. Das lag ganz sicher auch an dem unsympathischen Herrn mit dem roten Kopf – noch einer davon bei der Bundeswehr, das ist doch nicht gesund –, dem ich zuerst begegnete. Er trug den Namen »Mohn« auf der Jacke aufgenäht und stank aus dem Mund nach Alkohol. Herr Mohn empfing mich im Hauptgebäude, aber statt einer Begrüßung mit »Guten Tag« oder »Herzlich willkommen« ging er schweigend einmal um mich rum und musterte mich misstrauisch. Dann brüllte er sofort und ohne Vorwarnung los: »Was fällt Ihnen eigentlich ein? Das, was Sie da gemacht haben, ist Fahnenflucht.«

So ein Blödsinn.

»Herr Mohn«, sagte ich, »Ich habe doch keine Fahnenflucht begangen, wer läuft denn vor einer Fahne weg?«

Außerdem war gar nicht klar, welche Fahne er meinte – die große Fahne vor der Kaserne oder seine Schnapsfahne.

Darauf ist der Herr Mohn noch lauter geworden: »Sprechen Sie mich gefälligst mit »Major« an!«

»Kein Problem«, sagte ich. Und um die Spannung ein bisschen abzubauen, habe ich das Wort »Major« extra englisch-hessisch ausgesprochen, ganz weich: »Meedschär«.

»Meedschär Mohn, des klingt ein bisschen wie ›Major Tom‹ von Peter Schilling.«

Da hat der Mann mit seiner Brüllerei fast mein Trommelfell zum Platzen gebracht: »Ihnen werde ich die Flausen schon austreiben. Sie schleife ich, bis Ihnen das Kaffeewasser im Arsch kocht!«

Was für eine lustige Vorstellung, dass man mit seinem Hintern Kaffee kochen könnte! Ich prustete laut los. Aber der Major lachte nicht mit.

Um das Thema zu wechseln, fragte ich: »Meedschär Mohn, wer bringt mir denn das Gepäck auf's Zimmer? Und wo steht das Frühstücksbuffet? Außerdem brauche ich ein spezielles Langhalsschläfer-Kopfkissen.«

Daraufhin begann der Herr Mohn plötzlich ganz hektisch zu atmen, seine Gesichtsfarbe ähnelte dem Herbstlaub einer Rotbuche. Er sah aus wie ein Goldfisch, der auf dem Trockenen nach Luft schnappt. Und hatte plötzlich eine ganz hohe Stimme, mit der er seinen Untergebenen anpiepste: »Schulz, entfernen Sie den Idioten schleunigst aus meinem Blickfeld, sonst kann ich für nichts mehr garantieren.«

Schulz führte mich mit meinem Gepäck in einen anderen Gebäudeteil in den 3. Stock. Als er mir mein Zimmer zeigte, blieb mir fast die Spucke weg. Das Zimmer war voller Stockbetten und schon belegt, von fünf anderen Männern – vermutlich Personal. Außerdem war es sehr klein und hatte kein Bad. Ich bat Herrn Schulz, mir ein anderes Zimmer zu zeigen. Doch er beharrte darauf, das sei beim Bund so, Sechs-Mann-Zimmer, basta.

Also protestierte ich etwas energischer: »Ich mag keine Mehrbettzimmer!« Um die Sache etwas zu verdeutlichen, erzählte ich ihm von meinem besonderen Schlafverhalten und meinem speziellen, stufenweisen Aufwachritual, dem morgendlichen Hindämmern auf der Chaiselongue und dem ganz allmählichen Wachwerden bei leiser Radiomusik. »Wie soll das denn bei so vielen Leuten funktionieren?«

Herr Schulz, der mit dem komischen Namen »Feldwebel« angeredet werden wollte, wurde wütend: »Was reden Sie denn da für einen ausgemachten Unsinn?!«

»Wissen Sie, Herr Feldwebel, ich bin nervlich ein bisschen empfindlich. Schon als Kind konnte ich keine lauten Geräusche ertragen. Und wenn ich mir jetzt den Lärm von so einem Panzer vorstelle, der schon früh morgens am Schlafzimmerfenster vorbeirattert – da kriegt man ja vor Schreck Durchfall!«

Daraufhin riet mir der Herr Feldwebel: »Dann kneifen Sie halt Ihre Arschbacken zusammen!«

So ein Unsinn. »Wie soll man das denn aushalten? So viele Monate? Die kriegt man ja nie wieder auseinander!«

Außerdem beschwerte ich mich über den schlechten Umgangston, den mir Schulz entgegenbrachte: »Hat man Ihnen nicht beigebracht, dass man ›Bitte‹ und ›Danke‹ sagt?«

Darauf schrie er mich an: »Soldat Schneider, wegtreten!«

Der strenge, harte Ton passte so überhaupt nicht zu dem weichen Hessisch, das ich von daheim gewöhnt war. Diese Befehlerei und die Brüllerei auf einem Kasernenhof erschien mir im Vergleich zu daheim geradezu barbarisch. Auch die Klamotten, die man beim Bund anziehen sollte, waren überhaupt nicht mein Geschmack. Alles nur in einer Farbe. Und dabei steht mir olivgrün überhaupt nicht, das macht mich ganz blass.

Alles in allem war ich also schon am ersten Tag ziemlich enttäuscht von dem, was einem bei der Bundeswehr geboten wird. Aber es sollte noch schlimmer kommen!

Die erste Nacht in dem unteren Stockbett war grauenhaft. Zwei Leute schnarchten, einer redete im Schlaf und einer furzte, dass die Mücken tot von der Wand und mir in den Mund fielen. Erst gegen 4:00 Uhr schlief ich erschöpft ein. Nur kurze Zeit später, genau um 5:45 Uhr, machte Feldwebel Schulz das Licht im Schlafsaal an und brüllte: »Aufstehen« und »In 15 Minuten Antreten zum 12 Kilometer Gefechtsmarsch!«

Der Tag fing gleich schon schlecht an. Andererseits würde mir nach der schlimmen Nacht im stickigen Zimmer ein Spaziergang an der frischen Luft vielleicht ganz guttun. Also zog ich mich an. Die schweren Stiefel hatte ich am Abend vorher schon probiert. Die waren mir viel zu eng und unbequem, also wählte ich meine Turnschuhe und ging in den Hof. Da standen die ganzen erwachsenen Kerle mit riesigen Rucksäcken und außerdem noch mit Gewehr, was für ein alberner Anblick. »Ihr seid ja wie Mädchen«, sagte ich, »die für ein Wochenende im Schwarzwald einen Schrankkoffer mit zehn verschiedenen Schuhen drin packen!«

Und wie zur Bestätigung kam auch der Feldwebel Schulz vollkommen ohne Gepäck auf die Truppe zu geschlendert.

»Seht ihr, der hat auch kein Gepäck und das ist ja der Profi!«, sagte ich und tippte mir an die Schläfe: »Mr. Brain!«

Feldwebel Schulz musterte unsere Truppe, und als sein Blick an mir hängenblieb, schaute er ziemlich verblüfft, rieb sich die Augen und fing an, schwerer zu atmen. Ich dachte erst, er wäre vermutlich überrascht, so einen klugen Kerl in seiner Truppe zu haben! Dieser Stolz machte mich wahrscheinlich ein bisschen übermütig. Ich machte eine grüßende Bewegung in Richtung des Herrn Feldwebel, wie sie auch Winnetou immer gemacht hat, wenn er auf Old Shatterhand traf und sagte: »Hugh, sei mir gegrüßt, weißer Bruder.«

Da fing der Mann plötzlich an zu brüllen, und zwar so laut, dass ich zuerst dachte, dem sei vielleicht ein Meteorit auf den Fuß gefallen oder etwas Ähnliches: »Soldat Schneider, was soll das? Wie können Sie es wagen, mir in diesem Aufzug unter die Augen zu treten?!«

Aufzug? Ich hatte weit und breit keinen Aufzug gesehen – und das sagte ich ihm auch.

Da schrie er: »Wenn ich sage Gefechtsmarsch, dann meine ich Gefechtsmarsch. Und das heißt mit Rucksack und mit Waffe!«

»Aber warum? Wir gehen doch nur 12 Kilometer, da braucht man doch kein Gepäck! Oder übernachten wir in einem Hotel?«

Der Mann geriet immer mehr außer sich: »Wann Sie Gepäck mitnehmen oder nicht, das bestimmen nicht Sie, das bestimme ich!«

»Aber das ist doch unklug. Erstens trage ich ungerne schwere Sachen mit mir rum und noch viel weniger gerne tue ich das, wenn's sinnlos ist.«

»Befehl ist Befehl!« brüllte Feldwebel Schulz und seine Stimme überschlug sich.

»Aber wenn's doch Unsinn ist«, sagte ich ganz ruhig, »Unsinn bleibt Unsinn!«

Ich sah noch, wie der Feldwebel Schulz ganz tief Luft holte und das erste Wort war auch noch ganz laut »Soldat Schnei...«, aber dann hörten wir nur noch ein Fiepsen.

»Sprechen Sie doch bitte ein bisschen lauter, Feldwebel Schulz, so kann ich Ihrer Argumentation überhaupt nicht folgen.« Ganz ehrlich, wie wollte er denn bitte so einen unlogischen Befehl begründen? Ich hätte mich ja überzeugen lassen – aber nur mit guten Argumenten!

Doch der Feldwebel Schulz brachte keinen Ton mehr raus, fiepste nur und verscheuchte uns mit hektischen Handbewegungen. Also gingen wir wieder auf die Stube. Die Kameraden klopften mir voller Anerkennung auf die Schulter und meinten: »Dem hast du's aber gegeben!«

Das hatte ich eigentlich gar nicht gewollt, schließlich hatte ich ja nur ganz sachlich nachgefragt.

Am Nachmittag wurde ich dann zu einem Gespräch mit einem älteren Herrn gebeten, dem Oberstleutnant Rüther, der in einem Büro hinter einem großen Schreibtisch saß und eine Roth-Händle nach der anderen rauchte. Er fragte mich sehr ruhig, was vorgefallen sei, und ich erzählte ihm alles: Von dem ungünstigen Zimmer, von der kurzen Nacht und vom blödsinnigen Vorschlag, mit tonnenschwerem Gepäck spazieren zu gehen. Oberstleutnant Rüther schüttelte den Kopf, schrieb etwas auf ein Blatt Papier und meinte: »Herr Schneider, hier sind Ihre Entlassungspapiere. Sie sollten jetzt einfach Ihre Sachen packen, nach Hause gehen und sich hier nie wieder blicken lassen.«

Ich wollte eigentlich noch erläutern, dass die Idee mit der Bundeswehr ja gar nicht von mir stammte, aber der Mann schaute mich plötzlich ganz finster und streng an, hielt mir die Papiere hin und zischte nur: »Raus hier!«

Sehr traurig war ich über meine Entlassung nicht. Und zu Hause konnte ich viel schönere Wanderungen machen – ohne Gepäck und wesentlich entspannter!

Lektion Nr. 12:
Ein Vorschlag zur Güte ist besser als ein strenger Befehl.

Vom Sinn und Unsinn eines Berufes

So langsam begannen alle um mich herum, über einen Beruf nachzudenken. Aber war das für mich überhaupt sinnvoll? Wollte ich wirklich so sein wie alle anderen? Angeblich ging es bei der Berufswahl ja darum, Geld zu verdienen und nicht zu verhungern. Aber seit über hundert Jahren war in Burgholzhausen keiner mehr verhungert. Und Geld konnte ich mir – zumindest im Sommer – immer bei der bäuerlichen Obsternte verdienen oder beim Sammeln von Heidelbeeren im Wald. Ich war weit und breit der beste Sauerkirschenpflücker. Viele Aushilfen pflücken »nass«, das heißt, sie sind nicht achtsam genug und verletzten die Haut der empfindlichen Kirschen, deren Saft schon im Korb ausläuft. Aber ich war immer ganz besonders zärtlich, Stiel für Stiel strich ich die Kirschen von den Ästchen und bettete sie sanft in den Weidenkorb.

Ich stand hoch oben auf der Leiter und blickte aus der Baumkrone heraus wie ein Seemann vom Mast seines Seglers. Meinen Blick schweifte über die wogenden Getreidefelder und die lieblichen Streuobstwiesen der Wetterau. Ich war der König von Hessen.

Von meinem Obba, der noch in hohem Alter mit den Leitern jonglierte wie ein Zirkusartist, hatte ich das Handwerk des Leiterstellens gelernt. Aber in dieser wundervollen Tätigkeit sah ich keinen Beruf für mich, sondern vielmehr eine Art geistiger Versenkung.

Ein Beruf, das war eher so etwas wie Versicherungskaufmann oder all die furchtbaren Sachen, die meine Mitschüler nach dem Abitur lernten. Der Jörg Naumann aus meiner Klasse machte eine Lehre als Bankkaufmann. Der hatte schon immer gerne Geld gezählt. Er war auch Kassenwart unserer Klassenkasse und konnte schon Überweisungen überweisen. Einmal hat er sich selbst aus Versehen 100 Mark überwiesen. So jemand ist natürlich bei einer Bank gut aufgehoben.

Ich nahm das Wort Taschengeld noch wörtlich und trug Münzen und Scheine immer in meiner Hosentasche mit mir rum. Das geht in der Bank natürlich nicht so gut – so große Hosentaschen gibt es ja gar nicht!

Für mich musste ein anderer Beruf her, der zu meinem Naturell passte, zu meinem Charakter und zu meinen Neigungen. Ich neigte ja dazu, lange zu schlafen, ausgedehnte Spaziergänge zu machen und mich in Tagträumen zu ergehen. Wie sollte ich damit Geld verdienen?

Mein Opa nannte mich öfters *Schlingschlangschlodi*. Dieses Wort könnte man auch negativ interpretieren, aber ich sah darin eher die Bestätigung für meine Veranlagung zum Müßiggänger. Arbeiten um der Arbeit willen – was für eine Zeitverschwendung. Stress oder Hektik wollte ich auf jeden Fall aus dem Wege gehen: Auf Dauer kann das gesundheitsschädlich sein und zu einem frühen Tode führen. Junge Menschen sollten bei der Arbeitssuche auf diese Risiken hingewiesen werden.

Die Zigarettenhersteller sind zu solchen Hinweisen doch auch verpflichtet! Jim Morrison, Janis Joplin und Jimi Hendrix waren zwar keine Versicherungskaufleute, aber sie sind auch alle nicht alt geworden. Musiker sein war also wahrscheinlich ebenfalls sehr stressig, also fiel die Posaunenkarriere aus.

Sollte ich Künstler werden? Aber was für einer? Maler schied schon mal aus – seit der Pferde-Blamage bei Carola hatte ich das Vertrauen in meine Zeichenkunst verloren. Als Musiker hätte ich sicherlich mit sechs schon Klavier spielen müssen, anstatt mit vierzehn Posaune anzufangen. Und das ganze Üben. Den nötigen Fleiß konnte ich immer nur in Verbindung mit einem höheren Ziel aufbringen … ach, ein Kuss von Carola Steuernagel … Blieb noch Schauspieler.

Tolle Vorstellung: Umringt von vielen schönen Frauen, die ich als Don Juan stundenlang abknutschen könnte! Oder einmal pro Jahr die Hauptrolle in einem Kinofilm – zwischendurch hätte ich genug Zeit zum Spazierengehen.

Aber dafür hätte ich mich an einer Schauspielschule bewerben müssen. Die Musterung lag ja gerade erst hinter mir, und ich wollte nicht wieder dieselben entwürdigenden Untersuchungen mitmachen. Und Schulen sind generell nicht so mein Fall – da laufen immer viel zu viele Lehrer herum, die einen zu unsinnigen Sachen anhalten.

Stattdessen wollte ich es wie einige berühmte Filmstars machen und mich auf der Straße oder in einem Café von einem Filmregisseur entdecken lassen. Jeder gute Filmregisseur sollte ja wohl in der Lage sein, den Schauspieler in mir zu entdecken.

Und Schriftsteller? Das könnte ich mir ja auch einigermaßen bequem gestalten, indem ich meine Ideen und Gedanken einfach einer Sekretärin diktierte.

Und natürlich würde ich meinen ersten Roman dem Menschen widmen, den ich immer noch am meisten liebte: Carola Steuernagel.

Meine große Angst war, dass wir uns nach dem Abitur vollkommen aus den Augen verlieren könnten. Angeblich wollte sie ins Ausland gehen. Wenn ich schnell genug einen Roman schreiben würde, könnte ich sie vielleicht noch rechtzeitig vor ihrer Abreise für mich gewinnen! Naja, schnell war ich noch nie. Und von Goethe weiß man ja, dass er manchmal jahrelang an einem Werk geschrieben hat. Eins hatte ich aus dem Pferdedesaster gelernt: Für Carola musste es ein Meisterwerk sein.

Also beschloss ich, mir übergangsweise, bis zur Entdeckung durch den fähigen Regisseur, eine Arbeit zu suchen, die meine geistigen und körperlichen Kräfte nicht zu sehr in Anspruch nahm. Wenn ich dann genug Geld zusammenhätte, wollte ich eine Sekretärin anstellen und mich an mein Meisterwerk für Carola machen.

Zunächst bekam ich aber eine Einladung vom Arbeitsamt Bad Homburg zu einem beruflichen Beratungsgespräch. Eine sehr nette, gepflegte Dame fragte mich dort eine halbe Stunde nach meinen Wünschen, Vorlieben und Talenten, leider gab es auch hier keinen Kaffee und Kuchen.

»Gibt es irgendetwas, das Sie ganz besonders gut können?«

»Ja, Fliegenfangen.«

»Fliegenfangen?«

»Da macht mir keiner etwas vor!«

Mit höchster Konzentration und in Zeitlupe nähere ich mich von vorne mit meiner rechten, halboffenen Faust der Fliege. Und erst, wenn der Atem der Fliege schon auf der Innenseite meiner Hand zu spüren ist, schnappe ich blitzschnell zu! So wird der Fliege kein Haar gekrümmt. Und dann lasse ich sie wieder fliegen.

Leider fiel der netten Dame vom Arbeitsamt kein berufliches Tätigkeitsfeld ein, bei dem ein solches Talent von Nutzen gewesen wäre. Auch andere spezielle Fertigkeiten von mir stellten sich als wenig brauchbar für eine berufliche Ausbildung heraus: Ich zeigte der Dame, dass ich mit ausgefahrener Unterlippe meine Nasenspitze berühren kann. Und meinen langen Hals kann ich ausfahren wie ein Hydraulikkran.

Sie zeigte sich wenig beeindruckt davon und machte einen psychologischen Test mit mir. Hierzu musste ich eine Reihe von Fragen beantworten, Kästchen sortieren und vor allem viele Bilder malen. Das einzige Ergebnis: Ich konnte immer noch keine Pferde malen.

Lektion Nr. 13:
Wer die Arbeit erfunden hat, muss nichts zu tun gehabt haben!

Ekstase im Supermarkt

Der perfekt auf mich zugeschnittene Beruf musste erst noch erfunden werden, also suchte ich mir eine Art Dauerferienjob, der meine geistigen und körperlichen Kräfte nicht zu sehr in Anspruch nahm. Von Peter Schaller wusste ich, dass in einem Lebensmittelmarkt in Frankfurt Schüler und Studenten als Aushilfskräfte zum Auffüllen der Regale gesucht würden.

Also stellte ich mich bei dem Personalchef vor, der mich direkt einstellte.

Vom Lager aus konnte ich den Filialleiter Herrn Kräh sehen, der hinter einer Glasscheibe saß und ab und zu über Lautsprecher eine Durchsage für die Kunden machte: »Heute die 1,0 Liter Flasche Fanta für nur 89 Pfennige.«

Mit seiner Stimme hätte man besser Raben verscheuchen können. Und er sprach mit vollkommen falscher Betonung und ziemlich lustlos. Aber er war ja der Filialleiter und die Ansagen seine einzige Aufgabe.

Eines Tages war Herr Kräh wegen einer Erkältung völlig heiser. Also suchte er unter den Verkäufern und Verkäuferinnen einen Ersatz für das Einsprechen der aktuellen Tipps, aber keiner traute sich.

Während der Mittagspause betrat ich zufällig das Büro,

in dem die Verkäufer darüber stritten, wer von ihnen ins Mikrofon sprechen sollte. Einer sah mich an und meinte: »Der Maddin soll's machen!«

Alle lachten, weil ich ja der Jüngste war und erst seit drei Tagen als Aushilfe im Supermarkt arbeitete.

»Ei, warum nett?«, sagte ich und setzte mich an das Mikrofon. Dann sprach ich aus dem Stehgreif einen kurzen Werbespot mit einer leichten hessischen Färbung:

»Hallöööösche Popöööösche! Mein heissär Tipp für's Bortmonneeh: Schoggo-Sahnepudding für nur neununnverzisch Fennisch! Leggär, loggär, leischt!«

»Gott sei Dank war das Mikrofon ausgeschaltet! Herr Kräh hätte einen Tobsuchtsanfall bekommen!«, grinste einer der Verkäufer.

Alle lachten.

Ein paar Sekunden später kam der Filialleiter mit hochrotem Kopf ins Büro gestürmt. Wir hörten schlagartig auf zu lachen. Herr Kräh war außer sich vor Wut: »Dieser Bauerntrampel! Vertreibt uns die Kunden mit seinem vulgären Dialekt!«

Wovon sprach der Mann? Hilfesuchend sah ich mich um. Dann deutete einer der Verkäufer auf die rote Lampe neben dem Mikrofon: Meine Durchsage war im gesamten Supermarkt zu hören gewesen!

Mit hängenden Schultern schlurfte ich zurück ins Lager. Was hatte der Herr Kräh denn nur gegen die Landbevölkerung und ihren schönen Dialekt?

Doch schon eine Stunde später wurde ich wieder in

das Büro des Filialleiters bestellt. Jetzt war er ganz freundlich zu mir. »Maddin, innerhalb einer halben Stunde sind sämtliche Becher mit Schoko-Sahne-Pudding verkauft worden! Wie wäre es, wenn du noch einen Tagestipp sprichst? Dann können wir sehen, ob der gute Umsatz tatsächlich an dir lag. Hier, mach doch Werbung für Leberwurst, die ist heute im Angebot.«

Ausgerechnet Leberwurst! Noch nie war ich ein Freund von Leberwurst, allein der Geruch drehte mir den Magen um. Wie sollte ich dieses ekelhafte Zeug bitte anpreisen?

Da sah ich plötzlich: die wunderschönen Brüste von Carola Steuernagel. Ihre milchigweiße samtene Haut dazwischen war bestrichen, fingerdick mit Leberwurst.

Leberwurst? Was gab es schmackhafteres: »Hallööschen, Popööschen! Heute für Sie im Angebot: Einhundert Gramm Hausmacher Bauernleberworscht für nur« – den letzten Teil zögerte ich etwas hinaus, um eine gewisse Spannung zu erzeugen – »für nur eins-neun-und-neun-sisch! Leggär, loggär, leischt!«

Das Wort »Bauernleberworscht« hatte ich absichtlich besonders langsam in das Mikrofon gehaucht. Mein Instinkt sagte mir, dass ich damit die verkäuferische Wirkung, insbesondere bei der weiblichen Kundschaft, erheblich steigern konnte.

Und tatsächlich: An diesem einen Tag wurde so viel Hausmacher-Leberwurst verkauft wie sonst nicht mal in einem ganzen Monat. Ein absolutes Rekordergebnis!

Am nächsten Morgen überreichte mir der Filialleiter Kräh einen Präsentkorb, der prall gefüllt war mit Leber-

HALLÖÖSCHEN
POPÖÖSCHEN

wurst. Leberwurst in Dosen, Leberwurst im Darm, Leberwurstpastete – Leberwurst in allen erdenklichen Farben und Formen – es war einfach nur zum Kotzen.

Da meine Durchsagen mit den Tagestipps dem Supermarkt eine hohe Umsatzsteigerung gebracht hatten, sollte ich diese Arbeit fortsetzen. Ansonsten hatte ich nicht viel zu tun und konnte mich die meiste Zeit meinen Tagträumen widmen und die Menschen im Supermarkt beobachten. Auch war ich jetzt für die Musik zuständig, die während der Ladenöffnungszeiten über die Lautsprecher eingespielt wurde, um die Stimmung der Kundinnen und Kunden beim Einkaufen ein wenig anzuheizen. Mit der Zeit wusste ich genau, welche Interpreten ich auflegen musste, um bestimmte Dinge zu verkaufen. So steigerte ein guter, alter Howie Carpendale den Verkauf von Ananas, Katzenfutter und Sauerkraut. Während ein Spitzen-Julio Iglesias den Verkauf von Zahnpasta, Leinsamenöl und Spaghetti ankurbelte.

Die besten Ergebnisse erzielte ich aber immer mit dem Lied »Tränen lügen nicht« von Michael Holm. Die Hausfrauen verfielen förmlich in Ekstase und stürzten sich bei diesem Song vor allem auf Hähnchenschenkel, Klopapier und Weichspüler.

Selbst die Frau des Filialleiters kam seit Beginn meiner Durchsagen jeden zweiten Tag in den Laden und packte sich den Einkaufswagen voll mit Windeln. Obwohl ihr Sohn schon bei der Bundeswehr war.

Als ich Peter Schaller von dem Phänomen erzählte, hatte er natürlich die passende Antwort: Säugetiere – das hatten wir in der Schule schon gelernt – lassen sich sehr gut dressieren, indem man sie zum Beispiel mit Leckerbissen belohnt. Das funktionierte auch bei den Hausfrauen im Supermarkt, denn Hausfrauen gehören ja auch zu den Säugetieren. Sie reagierten auf meine Tagestipps wie dressierte Äffchen. Männer kann man natürlich auch dressieren, aber eher mit Carola Steuernagels Brüsten – ob mit oder ohne Leberwurst.

Laut Peters Hypothese löst die tiefe, männliche Stimme bei den Frauen im Supermarkt ein starkes erotisches Verlangen aus. Gleichzeitig bekommen sie Appetit auf Hausmacher-Leberwurst. Deshalb glauben sie, dass der Verzehr der Hausmacher-Leberwurst ihr starkes Verlangen stillen kann.

Was aber genau passierte, wenn die Frauen zu Hause voller Begehren ihre Leberwurstbrote kauten, habe ich leider nie erfahren.

Lektion Nr. 14:
Die Seele der Frauen
und das Innere
der Leberworscht
bleiben ewig unerforscht!

Der Nikolaus-Trip

Nach dem Abitur ging Carola Steuernagel zum Studium nach Schottland. Wie konnte sie nur gehen, ohne mir einen Abschiedskuss zu geben? Zum Glück konnte ich mich mit der Arbeit im Supermarkt ablenken.

Natürlich hatte ich Carola noch nicht aufgegeben. Wir waren füreinander bestimmt, sie brauchte eben einfach länger als ich, um das zu verstehen. Wenn ich an sie dachte, wurde mir sommerlich warm ums Herz. Und hatte sie mir nicht am letzten Schultag zugewinkt und »Mach's mal gut, Maddin« gesagt? Das musste doch etwas zu bedeuten haben. Gut, zu Peter Schaller hatte sie »Viel Erfolg und so, Peter« gesagt. Aber bei mir hatte ihre Stimme leicht vibriert. Ganz klar, sie liebte mich, konnte es sich aber nicht eingestehen, weil ich ihr nichts zu bieten hatte.

Aber nun verdiente ich zum ersten Mal in meinem Leben Geld und hatte ansehnlichen Erfolg als Tagestipp-Moderator. Nun konnte ich ihr ganz anders gegenübertreten – ich hatte etwas erreicht im Leben, ich war jemand. Ich konnte eine Familie ernähren.

Naja, zumindest eine ohne Kinder, aber mit Meerschweinchen.

Schon ein halbes Jahr hatten wir uns nicht gesehen.

Länger mochte ich nicht mehr warten. Sie war doch auch so vergesslich – in der Schule hatte sie ständig ihren Radiergummi oder ihr Sportzeug vergessen. Nicht, dass sie mich auch noch vergaß.

Ich *musste* Carola besuchen! Natürlich nicht einfach so – es brauchte einen bestimmten Anlass, eine besondere Gelegenheit.

Als ich nach der Arbeit alte Fotos zurückliegender Weihnachtsfeiern durchblätterte, kam mir eine glänzende Idee: Zu Nikolaus fahre ich nach Schottland und klopfe komplett mit rotem Mantel, Mütze und Rauschebart und mit einem Sack voller Naschereien an ihre Tür! Was für eine große und abenteuerliche Reise das sein würde! Bis dahin war ich nie weiter als zum großen Posaunenchortreffen in Koblenz gereist. Schon die Vorbereitungen meiner Liebes-Expedition waren so aufregend wie eine Forschungsreise an den Nordpol.

Ihre Cousine gab mir Carolas genaue Adresse in Schottland. Aus den verschiedenen Routen wählte ich die beste, weil sicherste aus: mit dem Regionalzug nach Bad Homburg, weiter mit der S-Bahn nach Frankfurt, von Frankfurt bis nach Ostende, in Ostende auf die Fähre nach Dover, von Dover nach London wieder mit dem Zug und von dort mit dem Zug bis nach Edinburgh in Schottland. Die Deutsche Bahn war mir vertraut von meiner Fahrt nach Koblenz. Da konnte nichts schiefgehen.

Mein Gepäck verstaute ich in einem alten Kartoffelsack, um einigermaßen stilecht den Nikolaus zu geben.

Neben frischer Unterwäsche und Socken packte ich nur eine Maske mit weißem Rauschebart, jede Menge

Plätzchen, Schokoladennikoläuse, Pralinen, dazu kiloweise Orangen und von mir selbst am Ufer des Erlenbachs gesammelte Walnüsse.

Und als kleinen Gruß aus der Heimat einen original hessischen Handkäs, traditionell eingelegt in Zwiebeln, Essig und Öl.

Wie alle berühmten Abenteurer verzichtete ich auf unnötigen Ballast. Der Rucksack wog schwer wegen der vielen Orangen und Nüsse. Deshalb zog ich den roten Nikolausmantel schon auf der Reise an. Nur meine Posaune nahm ich noch im schwarzen Instrumentenkoffer in der rechten Hand mit.

Anfang Dezember stand ich dann also frühmorgens in der Schlange vor dem Fahrkartenschalter im Bahnhof von Bad Homburg. Der Schalterbeamte musterte mich: »Na, Maddin, wieso bist du denn so außergewöhnlich angezogen?«

Morgens rede ich ja normalerweise nicht gerne, aber diesmal machte ich eine Ausnahme. Erzählte von dem Bild für Carola. Dem Trick mit dem weißen Papier und dem Kuss. Von meiner brillanten Idee, sie als Nikolaus verkleidet zu besuchen. Und vom eingelegten Handkäs als Symbol unserer Liebe.

Die Leute in der Schlange fingen an, sich zu beschweren. Ich würde den ganzen Betrieb aufhalten. Fanden die denn meine Geschichte nicht genauso umwerfend wie ich? Während der Bahnbeamte mir meinen Fahrschein ausstellte – Bad Homburg – Edinburgh; Edinburgh – Bad Homburg –, packte ich den Mann hinter mir am Arm und setzte von Neuem an. Ich war wie berauscht von meiner

Leidenschaft und der Kühnheit meines Plans! So berauscht wie Wolfgang Pauly bei unseren Partys. Aber ohne das Kotzen.

In meinem Abteil saß eine ältere Dame, die zur Beerdigung einer Freundin fuhr. Ich erzählte ihr brühwarm meine großartige Geschichte, von Carola, von dem Bild, von dem Trick, von dem Kuss, von dem Handkäs und von meinem einzigartigen Plan.

Auch dem Schaffner erzählte ich enthusiastisch alle Details meiner Mission, von Carola, dem Bild, dem Kuss, der Nikolausidee und dem Handkäs.

Selbst den belgischen Mitreisenden auf der Strecke nach Ostende und den Passagieren auf der Fähre nach Dover erzählte ich meine sensationelle Geschichte von dem Nikolaus und dem Handkäs, obwohl die meisten von ihnen gar kein Deutsch verstanden. Sie spürten aber, dass ich Großes vorhatte.

Schon am nächsten Tag erreichte ich frühnachmittags die schöne, altehrwürdige Stadt Edinburgh.

Die mittelalterlichen Türme und Mauern verstärkten meine romantischen Gefühle. Ein Minnesänger auf dem Weg zu seiner auserwählten Prinzessin – Rapunzel, ich komme!

Zwei Stunden irrte ich bei strömendem Regen durch die engen Gassen, bis ich endlich – vollkommen durchnässt und verfroren – das College mit dem dazugehörigen Mädchenwohnheim auf einer kleinen Anhöhe erreichte.

In der Caféteria sprach ich zwei Studentinnen an und weihte sie in meinen Plan ein. Sie grinsten, aber vielleicht konnten sie mein ausgefeiltes Englisch nicht so gut verstehen. Auf jeden Fall kannten sie Carola und versprachen, mich so lange in ihrem Zimmer zu verstecken, bis mein Engel käme.

Dann wurde ich von ihnen in ein kleines Zimmerchen geleitet, das angeblich ganz in der Nähe von Carolas Zimmer lag. Als wir in dem Zimmer waren, zog die eine die Tür zu, schloss ab und nahm den Schlüssel an sich. Ich dachte, dies sei nur eine Vorsichtsmaßnahme, damit Carola nicht aus Versehen hereinkäme.

Dann dirigierten sie mich an das Bett, auf dem wir uns dann zu dritt niederließen. Die beiden Mädels gickelten und gackelten ununterbrochen, ohne dass ich zuerst eine Ahnung davon bekam, worauf ihre Scherze hinausliefen. Schließlich machten sie mir ein paar Komplimente und meinten, dass ich einen schönen Mund habe. Und dann fragten sie mich, ob man damit auch küssen könne. Das war ja eine blöde Frage! Natürlich konnte man mit einem solchen Mund küssen! Aber sie wollten unbedingt, dass ich ihnen das beweise. Und zwar, indem ich die beiden küsse.

Das konnte ich natürlich nicht machen; damit hätte ich ja meine ganze Mission gefährdet: »Sorry, it is not possible, kiss you.«

Sie gingen mir um den Bart, begannen, mich hinter den Ohren zu kraulen und meine Stirn zu streicheln. Aber ich blieb standhaft und hielt meine Lippen fest zusammengekniffen.

Da hörte ich auf dem Gang eine mir vertraute Stimme – Carolas Stimme! Ich musste schleunigst raus. Aber die

Mädels rückten den Schlüssel nicht heraus, bevor sie von mir einen Kuss bekamen. Und da ich Mädchen nun mal nicht hauen kann, blieb mir nichts anderes übrig, als sie zu küssen. Natürlich ohne Gefühl und Leidenschaft. Trotzdem meinte die eine »Great lips!« und schloss mir die Türe auf.

Tock, tock, tock, klopfte ich wenige Minuten später mit meiner Nikolausmaske an die Zimmertür von Carola.

Und DUFF, DUFF, DUFF hämmerte mein Herz unter meinem roten Plüschmantel, und die Sekunden, die verstrichen, bis sie mir öffnete, waren die längsten meines Lebens. Was ich in diesem Moment verspürte, war der typische Fluchtreflex aller Säugetiere: Angesichts einer lebensgefährlichen Bedrohung mobilisiert der Säuger seine Energiereserven. Weil er dann nämlich genau zwei Möglichkeiten hat: Kampf oder Flucht. Diese Reaktion ist bei allen Säugetieren weltweit dieselbe. Wir Hessen bilden keine Ausnahme.

Natürlich wusste ich das von Klassenprimus Peter Schaller. Aber in Erwartung meiner Prinzessin, der Frau meines Lebens, nutzte mir dieses Wissen überhaupt nichts.

In diesem Augenblick zwischen Hochzeit und Hinrichtung. Zwischen Leben und Tod.

Carola öffnete.

Oh Mann, sie war so wunderschön! Und waren ihre Brüste etwa größer geworden in Schottland?

Sie starrte mich erwartungsvoll an. Nun musste ich loslegen. Wenn ich nur nicht wieder alles vermasselte! Mit verstellter Stimme begann ich meine kleine Show:

»Good evening.«

»Hello.« Sie lächelte überrascht. »Come in!«

Durch die beiden Sehschlitze meiner Nikolausmaske konnte ich nur geradeaus schauen. Beim Eintreten in ihr Zimmer stapfte ich mitten in eine große Schüssel Nudelsalat hinein. Die Schüssel zerbrach, die Nudeln und die Mayonnaise klebten an meinen Schuhen. So hatten die Schuhe von Wolfgang Pauly auf einer Party ausgesehen, nur war es bei ihm der weltbeste Nudelsalat meiner Oma.

Ich tat, als sei nichts geschehen, und widmete mich unbeirrt dem ersten Programmpunkt: ein kleines musikalisches Ständchen, dargebracht auf der Posaune.

Für diesen außergewöhnlichen Anlass hatte ich das Stück »Yellow Submarine« von den Beatles einstudiert. Auf jeden Fall moderner als »Dornröschen war ein schönes Kind«. Gleichzeitig bestand es aber aus nur wenig mehr Noten, die Drei-Akkord-Lieder von Nirvana gab es ja in meiner Jugend noch nicht.

Vielleicht hätte ich einem feingeistigen Wesen wie Katrin einmal zur Probe vorspielen sollen, denn in dem kleinen Zimmer erschien mir das Lied plötzlich wahnsinnig monoton und schleppend. Carola war von meinem Posaunensolo auch nicht gerade hingerissen.

Also wechselte ich zu meinem Hauptprogrammpunkt: eine scherzhafte Nikolaus-Moralpredigt, vorgetragen in englischer Sprache.

Wie man es auch bei Kindern zu tun pflegt, hatte ich in diese Ansprache verschiedene Ereignisse aus der Vergangenheit eingeflochten. So tadelte ich Carola beispielsweise dafür, dass sie während eines eigens für sie organisierten Konzerts einen Verwandtenbesuch unternahm.

Ob sie die Anspielungen verstand, und es ihr während meiner Rede dämmerte, wer da vor ihr stand? Unter meiner stickigen Plastikmaske bekam ich kaum genügend Luft, meine Stimme erstickte fast. Mit einem Ruck riss ich mir die Maske vom Gesicht.

Carola lachte, wie nie zuvor. Sie schüttelte sich, die Tränen spritzten nur so.

Das deutete ich als eindeutigen Beweis dafür, dass meine Mission geglückt war! Eine Frau so zum Lachen zu bringen bedeutete, für immer und ewig in ihrem Herzen zu wohnen. So zumindest hatte ich meinen Austauschfreund François verstanden.

Auf einen Schlag wurde Carola ganz still, wie auf Knopfdruck wich alle Fröhlichkeit aus ihrem Gesicht. Fast traurig blickte sie mich an. Eine eisige Wand des Schweigens schob sich zwischen uns, ich wusste nicht, wohin ich schauen sollte und knetete den Kartoffelsack. Ob jetzt ein guter Zeitpunkt für den Handkäs war?

Ich kramte in dem Sack, doch vor lauter Nervosität konnte ich den Handkäs nicht finden und zog stattdessen versehentlich ein Paar Socken heraus.

Carola ergriff die Initiative: »Unten gibt es eine Party. Lass uns dort hingehen und uns amüsieren.«

Ich stapfte ihr hinterher – im roten Mantel, den prall gefüllten Sack immer noch über die Schultern geschnürt, in der rechten Hand die Posaune, hinter mir zog sich eine Spur von Nudeln und Mayonnaise – so würde ich den Weg zu ihrem Zimmer leicht wiederfinden.

Die Party im Keller war schon in vollem Gange, etwa zwanzig Studentinnen und ein paar Jungs tanzten in schummerigem Licht zu lauter Discomusik. Carola stürzte sofort zu einer Freundin. Wollte sie ihr von meinem grandiosen Auftritt erzählen? Ich stolperte auf die Tanzfläche, den Sack behielt ich über der Schulter, die Posaune stellte ich neben mich, und begann mich zu drehen.

Über eine Stunde tanzte ich ununterbrochen. Carola würdigte mich keines Blickes. Wollte sie die Sache spannend machen? Wann würden wir zurück in ihr Zimmer gehen? Unter dem Nikolauskostüm trug ich noch einen wollenen Rollkragenpullover, ich war patschnass, es müffelte leicht – wobei das auch der dicke Junge neben mir sein konnte. Ich tanzte bis zur vollkommenen Erschöpfung und hechelte wie ein Bernhardiner im Hochsommer.

Dann tanzte Carola neben mir. Aber nicht mit mir. Eng umschlungen hing sie an einem langhaarigen, bärtigen Mann. Sie schauten sich verliebt in die Augen. Als sie sich küssten, schlich ich mich leise davon. Die Zeit war wohl noch nicht reif für unsere Liebe.

Auf dem Weg zum Bahnhof kam ich an einem Pub vorbei. Ich hatte unvorstellbaren Durst und bestellte ein Bier. Mein Durst reichte sogar für vier große Gläser dunkelbraunes, schottisches Bier, die zwar warm waren, ich aber eins nach dem anderen die Kehle runterkippte. Innerhalb von zwanzig Minuten war ich sterngranatenvoll. Leider verstanden die Schotten neben mir an der Theke meine hessischen Trinklieder nicht. Auch nach mehrmaliger Aufforderung wollte keiner mit mir singen:

»Trink merr noch e Tröppsche, trinke merr noch e Tröppsche!«

Irgendwann brüllte einer der Männer mit schwerer Zunge: »You fucking German Nazischwein!« Wie sie rausgefunden hatten, dass ich Deutscher war, habe ich bis heute nicht verstanden.

»No, I am the Nikolaus!« Ich griff in meinen Sack und bot ihm daraus ein paar Nüsse an.

Als ich »Aber bitte mit Sahne!« schmetterte, warfen mich die Männer aus der Kneipe. Anscheinend waren sie keine Udo-Jürgens-Fans.

Wankend erreichte ich den Bahnhof und wartete in der Bahnhofsmission auf den Zug nach London, der erst am nächsten Morgen fuhr.

Scheinbar hatte ich denselben traurigen Gesichtsausdruck wie der Seeelefant aus *Urmel aus dem Eis,* ein Obdachloser fragte mich nach meinem Kummer.

Ich erzählte ihm die ganze Story, immerhin mein Englisch hatte sich rasant verbessert, und er bot mir einen Schluck aus seiner Pulle an. Die Naschereien verteilte ich an ihn und seine Kumpels, die sich besonders über den eingelegten Handkäs freuten.

Ich habe später noch lange über den Sinn und Unsinn meiner Reise nach Schottland nachgedacht. Am Ende kam ich zu dem Entschluss, nichts und niemandem mehr in meinem Leben hinterherzurennen. Und schon gar nicht in einem dicken Plüschmantel mit einem schweren Kartoffelsack auf den Schultern! Mein ganzes Leben lang war ich völlig ohne Anstrengung glücklich gewesen. Erst mit Carola begann der Ärger. Je mehr ich mich für sie ins Zeug legte, desto weniger kam dabei heraus.

Warum soll man sich abstrampeln und abzappeln?

Am Ende landet man nur als betrunkener Nikolaus in einer schottischen Bahnhofsmission!

Lektion Nr. 15:
Lieber mit dem Arsch daheim geblieben, als sich woanders zum Depp gemacht.

Wie der Maddin einen ganz speziellen Unterricht hinter der Fleischtheke bekommt

Jahrelang hatte ich meinen Körper vergeblich für eine Frau aufgespart, die ihn aber offensichtlich gar nicht wollte. Von nun an wollte ich keine Gelegenheit mehr auslassen, Versäumtes und Verpasstes auf dem Gebiet der Erotik nachzuholen.

In dem Frankfurter Lebensmittelmarkt arbeitete unter anderem die 36-jährige Fleischerei-Fachverkäuferin Irmgard Langsdorf. Und Frau Langsdorf hatte unübersehbare weibliche Reize. Wegen ihrer Tätigkeit hinter der Fleisch- und Wursttheke nannten wir sie die *Kotlett-Königin*.

Sie stammte aus einem Dorf in Südhessen und besaß wie alle Hessen viel Temperament. Sie hatte immer einen flotten Spruch oder Witz parat. Ihr Humor war etwas frivol, so sagten zumindest die anderen. Ich habe ihre Witze einfach oft nicht verstanden. Erst als ich auf dem Gebiet der praktischen Erotik mehr Erfahrungen gesammelt hatte, musste ich manchmal noch Jahre später plötzlich lachen.

Einmal kam Irmgard Langsdorf in der Mittagspause zu mir. »Maddin, ich hab was ganz was Feines für dich: Ein erlebnishungriger Floh ruft in einem Reisebüro an und möchte eine außergewöhnliche Urlaubsreise buchen. Die Frau vom Reisebüro bietet ihm zwei Wochen Urlaub im Bart des Bischofs von Köln an. Der Floh bucht und zieht in den Bart des Bischofs.

Nach einer Woche ist der Floh ziemlich mit den Nerven fertig, weil so viel los ist an seinem Urlaubsort. Dauernd wird geredet, gegessen und getrunken, und der Floh wird ewig hin- und hergeschaukelt und findet keine Ruhe. Deshalb fragt er im Reisebüro an, ob er umbuchen kann. Die Frau vom Reisebüro hat nur noch einen Platz in den Schamhaaren einer Prostituierten frei. Er nimmt das Angebot wahr.

Doch am nächsten Tag ruft der Floh wieder im Reisebüro an und beschwert sich: ›Das war ja ein schöner Reinfall! Gestern Nacht lege ich mich gemütlich im Schamhaar der Prostituierten schlafen, und raten Sie mal, wo ich heute Morgen aufgewacht bin? Im Schnurrbart des Bischofs von Köln!‹«

Frau Langsdorfs üppiger Busen wogte, ich aber schaute sie fragend an. Wo bitte blieb die Pointe?

»Häh, was hat denn der Schnurrbart des Bischofs mit dem Schamhaar einer Prostituierten zu tun?«

»Komm nach Feierabend mal zu mir hinter die Fleischtheke, dann erkläre ich dir den Witz!«

Warum war es ihr denn so wichtig, dass ich den Witz kapierte? Sie hätte mir doch einfach einen anderen erzählen können! Aber gut, pünktlich nach Ladenschluss erschien ich bei ihr an der Fleischtheke.

Frau Langsdorf wartete bereits. Wir waren allein im Supermarkt. Schon der Blick meiner Kollegin verriet, dass sie etwas Spezielles mit mir vorhatte. Es handelte sich wieder um etwas Frivoles – das spürte ich! Aber größer als ein Witz. Vielleicht ein Sketch?

Das war so spannend wie Kasperletheater. Aber das hier war ausschließlich für Erwachsene geeignet!

Frau Langsdorf legte eine Kassette in einen Radiorecorder. Dann fing die Gruppe Boney M. an zu singen: »By the rivers of Babylon.«

Sie öffnete ihren weißen Arbeitskittel – Knopf für Knopf. Sehr langsam. Dabei blickte sie mir tief in die Augen.

Aha, zwischen Langsamkeit und Erotik gab es also einen Zusammenhang.

Gut für mich, darin war ich ja bereits Profi.

Schon als ich noch ein Kind war, sind meine Eltern ungern mit mir in ein Restaurant gegangen. Ich machte so viele Geräusche und brauchte mindestens dreimal so lange für eine Mahlzeit wie der Durchschnitts-Esser. Aber mein Hals ist ja auch dreimal so lang. Und genießen kann man das Essen ja nur, wenn man sich genug Zeit nimmt. Dazu gebe ich Laute von mir, die sich für fremde Ohren vielleicht etwas ungesittet anhören. Wenn es schmeckt, stöhne ich automatisch. Besonders bei Süßigkeiten wie zum Beispiel Schokoladenpudding oder Pflaumenkuchen. Jeder Mensch hat das Recht, beim Essen so laut zu sein, wie er will. Da halte ich es mit Martin Luther. Oder war es der Papst, der so gerne rülpst?

Irmgard Langsdorf trug unter dem Kittel ein orangefarbenes T-Shirt und einen braunen Rock. Mein Herz schlug so laut, dass man es bis zur Käsetheke hören konnte!

Als sie ihr T-Shirt über den Kopf streifte und dann den Rock fallen ließ, wurde ich fast ohnmächtig vor Aufregung! Ich konnte nicht glauben, was ich sah! Aber warum zog sich Frau Langsdorf vor mir aus? Was hatte das mit dem Witz zu tun?

Obwohl egal, warum sie es tat – das hier war noch schöner anzusehen als die Auslage einer Konditorei!

Jetzt bedeckte nur noch der Büstenhalter ihre üppigen Brüste. Seit meinem Säuglingsalter war ich nicht mehr in den Genuss einer Frauenbrust gekommen. Carola hatte zwar schönere Brüste und vermutlich ohne blaue Adern, aber diese hier waren dreimal so groß.

Als sie ihren Büstenhalter hinter sich schleuderte, nahm ich das als Einladung, stürzte ich mich auf ihre freigelegten Äpfel und saugte mich fest. Ein wahrhaft göttlicher Augenblick! Nie wieder wollte ich mich davon trennen.

Frau Langsdorf hatte scheinbar andere Pläne für mich, sie streifte auch ihren Schlüpfer ab und drückte mein Gesicht in ihren Schoß.

»Leck mich.«

Leck mich? Fehlte da noch was, hatte sie den Satz vielleicht nicht zu Ende gesprochen? Was sollte ich denn lecken? Waren hier irgendwo Bonbons versteckt? Oder war sie wütend? Aber so klang sie gar nicht, dieses tiefe Gurren in ihrer Stimme passte nicht dazu.

»Wo denn?«

»Na, da-ha!«

Sie klang jetzt so streng und ungeduldig, dass ich schleunigst meinen Waschlappen dahin ausstreckte, wo sie ihn unbedingt haben wollte.

Wie ein Urwaldforscher, der sich immer tiefer seinen Weg durch den Dschungel bahnte.

Das Wort *Dschungel* habe ich jetzt nicht zufällig verwendet. In den frühen achtziger Jahren war es bei den Frauen in den südhessischen Dörfern noch nicht in Mode gekommen, sich an bestimmten Körperstellen die Haare zu entfernen, um uns Männern die Arbeit zu erleichtern. Das hat sich mittlerweile geändert. Manch eine Tradition kann man ruhig über Bord werfen, wenn sie sich als unpraktisch herausstellt.

Im Herzen des tropischen Urwalds erreichte ich das Ziel der Expedition: die paradiesische Lustgrotte von Frau Langsdorf.

So langsam begriff ich meinen Auftrag. Der Langsdorf'sche Unterricht war alles andere als trocken. Mit jugendlichem Eifer ging ich ans Werk. Von so einem Auftrag kann ein junger, vitaler Mann doch nur träumen.

Die stramme Kotlettkönigin seufzte tief, stieß mit ihrem Hinterkopf an einen Schwarzwälder Schinken, der dadurch vom Haken fiel und nur wenige Zentimeter neben mir wie eine Granate einschlug. Frau Langsdorf ließ sich nicht beirren und stieß einen langen, wonnevollen Schrei aus, der alle Regale im Supermarkt ins Schwingen versetzte.

Sie sah mich glücklich und dankbar an. Und zeigte sich auf ganz spezielle Weise bei mir erkenntlich. Am Ende tauchte auch ich ein in einen Ozean der Glückseligkeit. Schokoladenpudding, Pflaumenkuchen, alle meine Lieblingsspeisen auf einmal. Und blitzartig traf mich der Pfeil der Erkenntnis: Ich hatte die Pointe kapiert!

War ja klar, wie der Floh aus dem Schnurrbart des Bischofs im Schoß der Prostituierten landen konnte!

Damals trug ich übrigens auch noch einen kleinen, flaumigen Schnorres ..

Lektion Nr. 16:
Wer zuletzt kommt, lacht am besten!

Die Gefahren einer linken WG

Mein alter Schulfreund Peter Schaller rief mich eines Tages an und erzählte, dass er mit einem Studentenpärchen zusammen in einer WG in Frankfurt wohne. Erst dachte ich, ich hatte mich verhört, und er meinte vielleicht einen *VW*. Wohnte er jetzt in einem Auto? Aber es hieß wirklich WG. Der Peter Schaller erklärte mir dann, was das ist: »WG steht für Wohngemeinschaft. Das ist eine tolle Sache. Man macht alles zusammen. Und ist endlich die alten Leute los. Bei uns ist sogar noch ein Zimmer frei. Wenn du willst, kannst du gerne mit einziehen.«

So könnte ich zu Fuß zur Arbeit gehen. Und zum Erwachsenwerden gehört ja auch dazu, dass man von zu Hause auszieht und in die Fremde geht.

Vorher musste ich mich allerdings noch bei den beiden anderen Mitbewohnern der WG vorstellen. »Die Chemie soll ja stimmen«, meinte Peter.

Also verabredeten wir einen Termin für ein Kennenlerngespräch mit Uli und Su, dem Studentenpärchen.

»Hast du schon einmal in einer Wohngemeinschaft gelebt?«, fragte mich Uli.

»Ja, sehr lange. Mit meinen Eltern und meiner Schwester.«

»Eine WG ist was ganz anderes! Wir wenden uns bewusst gegen die überkommenen Formen bürgerlichen Zusammenlebens.«

Den letzten Satz verstand ich nicht, deshalb bat ich Uli, ihn noch einmal zu wiederholen, damit ich ihn aufschreiben konnte.

Die beiden drückten sich insgesamt sehr merkwürdig aus; wahrscheinlich lag das an ihrem langen und komplizierten Studium.

»Dir ist sicher klar, dass wir eine linke WG sind?«

»Und wer wohnt rechts von euch?«

»Jetzt mal raus damit«, sagte Su. »Stehst du politisch auf der richtigen Seite?«

»Ich interessiere mich nicht für Politik. Nur für Posaune.«

Da wurden beide sehr wütend: »Wer unpolitisch ist, unterstützt das *Establishment*!« Dieses Wort gab es im Hessischen auch nicht.

»Und ihr?«, fragte ich, »spielt ihr auch ein Instrument?«

Das mit dem Establishment hatte ich nicht kapiert, deshalb lenkte ich geschickt ab auf ein für mich sicheres Thema.

»Klavier«, sagte Su. »Aber nur an Weihnachten.«

»Du spielst an Weihnachten Klavier?« Ihr Freund Uli runzelte die Stirn. »Was ist das denn für ne reaktionäre Scheiße?«

So langsam füllte sich mein Notizblatt mit den vielen neuen Wörtern.

»Und was ist mit deinem bekloppten Fußball?! Jeden Samstag die Sportschau ist doch noch viel *spießiger*!« Su verzog angeekelt das Gesicht.

Warum Uli dagegen war, dass Su an Weihnachten Klavier spielte, und warum Su dagegen war, dass sich Uli am Samstag die *Sportschau* ansah, habe ich nie verstanden.

»Esst ihr auch gerne Handkäs?«

Das Gespräch kam einfach nicht in Gang. Gut, dass Peter in die Küche kam. »Maddin ist o. k.«

Und auf einmal war die Sache geritzt, und ich konnte in die Wohngemeinschaft einziehen.

Was eine »linke WG« eigentlich ist, habe ich erst nach und nach verstanden. Eines Abends kam ich nach Hause, und mein Bettlaken lag nicht mehr auf der Matratze. Su und Uli hatten es abgezogen und mit roter Farbe eine ihrer politischen Parolen darauf gesprüht (die ich auch nach langem Nachdenken nicht verstand) und dann aus dem Fenster gehängt. Auch wenn ich ein friedliebender Mensch bin – ein Bett ohne Laken am Abend ist ärgerlich. Also wies ich Su und Uli freundlich auf das Problem hin. Aber ich erntete nur kühle Blicke. »Dir mangelt es an Solidarität. Wir müssen uns gerade jetzt für Nicaragua engagieren und gegen die weltweite faschistische Verschwörung kämpfen. Was interessiert da deine lächerliche bürgerliche Besitzstandswahrung, du bourgeoiser Kleingeist!«

Das Wort »bourgeois« fand ich eigentlich ganz hübsch, aber mit »Kleingeist« meinte Uli wohl etwas Negatives.

Außerdem wurde für sechs Wochen ein südamerikanischer Freiheitskämpfer in unsere WG einquartiert, der mir meinen Himbeerjoghurt wegfutterte und sich ständig meinen Posaunenkoffer ausleihen wollte – um damit Waffen zu schmuggeln. Deshalb schaute ich vor jeder Probe zu Hause noch mal in meinen Posaunenkoffer, weil ich Angst hatte, vor dem ganzen Posaunenchor ein Maschinengewehr auszupacken.

An Silvester feierten wir nicht den Jahreswechsel, sondern den Jahrestag der Befreiung Kubas. Um Mitternacht wurde mit Rotkäppchensekt angestoßen und die *Internationale* gesungen. Den Text fand ich doof, aber die Melodie passte ganz gut zu Silvester.

Wöchentlich fand eine WG-Sitzung statt, zu deren Teilnahme jeder verpflichtet war. Außer bei Krankheit oder Tod.

Da ich mehrmals unentschuldigt bei diesen Sitzungen gefehlt hatte, beschloss man, »Sanktionen« gegen mich zu verhängen, weil ich meiner Verantwortung als aktives WG-Mitglied nicht ausreichend nachgekommen war. Peter enthielt sich zwar bei der Abstimmung, konnte aber nicht verhindern, dass ich schließlich vom gemeinsamen Fernsehen – samstags *Raumschiff Enterprise* und unter der Woche *Glücksrad* – ausgeschlossen wurde und auch den WG-eigenen Staubsauger nicht mehr benutzen durfte.

Doch an einem trüben Januartag gab es eine grundsätzliche Wandlung in meinem Verhältnis zu Su und Uli.

Nach der Arbeit ging ich zu Fuß nach Hause und sah unterwegs massenhaft Studenten, die mit großen Plakaten durch die Stadt zogen. Dabei riefen sie Wörter, die ich von Uli und Su kannte. Solidarität und so. Irgendwie waren sie mit irgendetwas ziemlich unzufrieden. An der Spitze des Zuges hielten zwei Frauen ein Tuch in die Höhe, auf dem mit roter Farbe eine Parole geschrieben stand.

Als ich auf Höhe der Frauen angelangt war, sah ich, dass das Tuch ein Bettlaken war. Und wusste sofort: Es gehört *mir*! Uli und Su waren wieder in mein Zimmer eingedrungen, hatten mein schönes weißes Betttuch geklaut und es diesen Leuten für ihren Zug zur Verfügung gestellt!

Aber nicht mit mir, das Tuch war doch meins! Ohne zu überlegen, rannte ich auf die Frauen zu und entriss ihnen das Laken. Ich hielt es in die Höhe, damit sie es mir nicht wieder entreißen konnten. Und marschierte in Richtung unserer Wohnung. Der gesamte Zug folgte mir und die Studenten brüllten kurze, abgehackte Sätze, die ich nicht richtig verstand, es klang so ähnlich wie »Es lebe die Kindersandale, Olli, Harry, geht!« Später erfuhr ich aber, dass es wohl hieß: »Es lebe die Internationale Solidarität!« Irgendsowas stand auch auf dem Laken.

Kurz vor unserem Haus schnappte jemand aus dem Zug sich das Laken. Und während die Masse mich weiterschob, verlor ich mein Betttuch aus den Augen.

Zu Hause angekommen sah ich dann, dass mein Bettzeug vollständig war, auch der samtig weiche Biene-Maja-Bezug aus Biberwäsche war noch da!

Am nächsten Morgen empfingen Su und Uli mich zum Frühstück in der Küche mit lautem Jubel. Sie feierten mich wie einen Helden, Su brachte mir Kaffee und Uli nannte mich »Genosse«.

Auf dem Tisch lag aufgeschlagen die lokale Zeitung mit einem Bericht über die »Demo« am vorigen Tag. Das Bild über dem Artikel zeigte mich an der Spitze der

Menge, wie ich wildentschlossen mit dem bemalten Tuch die Straße entlangstürme.

»Bravo, du hast dich endlich mal für unsere Sache eingesetzt!« Uli klopfte mir auf die Schulter.

Und als Zeichen seiner besonderen Anerkennung durfte ich von diesem Tage an den Staubsauger wieder benutzen.

Lektion Nr. 17:
Man soll sich nicht mit fremden Bettlaken schmücken.

FREIHE
FÜR NICAR

Vom Supermarkt ins Radio

Inzwischen arbeitete ich drei Mal die Woche als Tagestippmoderator. Herr Kräh hatte mir sogar eine feste Stelle angeboten, aber ich lehnte dankend ab. Ein paar Stunden am Tag reichten mir vollkommen aus. Und vor zehn Uhr hatte ich ohnehin nicht genügend Schwung für die Tagestipps.

An einem Donnerstag Anfang November gab Kräh mir die Visitenkarte einer Frankfurter Werbeagentur. Ein Kunde bat mich um einen Anruf.

Obwohl ich mir nicht erklären konnte, was eine Werbeagentur von mir wollte, rief ich zwei Tage später an. Am Telefon meldete sich ein Herr Seifert, der sich unbedingt mit mir treffen wollte: »Ich habe eine großartige Idee, die Ihr ganzes Leben verändern könnte!«

»Mein Leben verändern? Kommt überhaupt nicht in Frage! Ich bin sehr zufrieden mit meinem Leben.«

»Glauben Sie mir: Es gibt immer eine Steigerung! Ich würde Sie gerne zum Essen einladen.«

Da Seifert einen sympathischen Eindruck auf mich machte, nahm ich die Einladung an. Er nannte mir die Adresse einer Gastwirtschaft in Frankfurt-Sachsenhausen.

Bevor ich dort ankam, dachte ich: Wird wohl eine der typischen Äppelwoiwirtschaften sein. Aber in dem Restaurant sah alles ganz anders aus. Die Kellner, die mir freundlich zublinzelten, hatten schmale, schrägstehende Augen und wirkten auch sonst nicht sehr hessisch.

Herr Seifert wartete schon auf mich und bestellte bei meiner Ankunft gleich zweimal das Gericht M16 für uns. Ich ließ mich überraschen. Nach wenigen Minuten kam das Essen in kleinen, rechteckigen Päckchen zusammengeschnürt.

Ich probierte eines dieser Häppchen und schmeckte nichts Bekanntes heraus. Keine Leberwurst, kein Rippchen, kein Handkäs.

»Was ist das?«

»Roher Fisch.«

»Roher Fisch?«

Spontan entschied sich mein Körper, die Fischstückchen wieder hinauszubefördern. Und zwar auf demselben Weg, auf dem er sie zu sich genommen hatte. So schnell hatte ich noch nie rückwärts gegessen!

Aber natürlich! Die Bedienung – ich hätte es gleich wissen sollen – das waren Eskimos! In der Schule haben wir doch gelernt, dass sie rohes Robbenfleisch und rohen Fisch essen.

Aber wie kamen die Eskimos nach Frankfurt-Sachsenhausen? Die Iglus schmelzen doch bei uns. Und wo fangen sie hier ihre Robben? Und weshalb führt mich dieser Mann ausgerechnet hierher?

»Warum haben Sie denn eine Eskimo-Wirtschaft ausgesucht?«, fragte ich Herrn Seifert.

»Das sind keine Eskimos. Wir sind in einem Sushi-Restaurant!«

»Die Bedienungen sind Suschis? Was sind das denn für Landsleute?«

»Nein, das Essen heißt Sushi. Es kommt aus Japan.«

Ein japanisches Restaurant mit japanischen Kellnern! So etwas gab es in Burgholzhausen nicht.

Weil mein hessischer Magen und der rohe, japanische Fisch einander aber zu fremd waren, sind wir dann in ein kleines Café gewechselt, wo mir der Herr Seifert bei einer Tasse schwarzem Tee seine Pläne unterbreitete. Er hatte in dem Supermarkt einen meiner aktuellen Tagestipps gehört und die Reaktion der Kunden darauf beobachtet. Also wollte er mit mir eine Radiowerbung aufnehmen! In einem Tonstudio sollte ich ein paar Probeaufnahmen machen, die er einigen seiner Kunden vorspielen wollte.

Wie früher, als ich mit meinem kleinen Kassettenrecorder kurze Hörspiele aufgenommen hatte.

Schon eine Woche später saß ich dann in einem echten Tonstudio vor einem echten Mikrofon. Neben mir der Herr Seifert, dazu noch ein Tontechniker. Zuerst sollte ich ein paar Sätze in das Mikrofon sprechen, damit der Techniker seine Geräte auf meine Stimme einstellen konnte. Dafür sprach ich mein Lieblingsgedicht:

Sitzt e Wermsche
uffm Terrmsche
mit'm Schermsche unnerm Ärmsche.
Kommt e Sterrmsche, bläst des Wermsche
mit'm Schermsche unnerm Ärmsche
von dem Termsche.

»Fantastisch!«, rief Seifert. »Bitte gleich aufnehmen!«

Also sprach ich es gleich noch einmal ins Mikrofon. Die zweite Version gefiel mir nicht, deshalb wollte ich es gleich noch mal sprechen: »Sicher is sicher!«

»Sicher is sicher! Genau! Das auch noch mal!«

Also wiederholte ich auch das. Mit meinem hessischen Einschlag klang es mehr wie: »Sischär is sischär«.

Und damit hatte es sich schon. Seifert beendete die Aufnahmen. »Wenn sich etwas ergibt, sage ich Ihnen Bescheid.«

Mensch, war ich enttäuscht! Ich hätte doch wenigstens gerne mal einen richtigen Werbespot aufgenommen! Von mir aus sogar eine Leberworschtwerbung! Und nicht nur so blöde Sprachübungen. Dieser Seifert hatte wohl nicht alle Latten am Zaun. Erst lädt er mich zu rohem Fisch ein, und dann veräppelt er mich auch noch in seinem Tonstudio!

In den nächsten vier Wochen hörte ich nichts von dem seltsamen Rohfischesser und vergaß die Sache schon halb.

Eines Tages tauchte Seifert wieder im Lebensmittelmarkt auf und bestellte mich für den nächsten Nachmittag in sein Tonstudio. Es gäbe eine sehr gute Nachricht. Ich war natürlich neugierig und erschien tags darauf pünktlich im Studio. Herr Seifert war ganz euphorisch und spielte mir gleich ein Tonband vor. Erst kam mein Gedicht: Von dem Wermsche, das von einem Stermsche vom Termsche geblasen wird. Danach sagte ein anderer Sprecher: »Bei Hagel, Blitz und Sturm – Kullanz-Versicherungen!« Und zum Schluss wieder ich: »Sischär is sischär!«

»Die Versicherung will den Werbespot unbedingt kaufen! Damit kommst du ins Radio, Junge! Und das ist erst der Anfang!« Vor lauter Freude duzte Seifert mich.

So war ich bald in ganz Hessen im Radio zu hören, von Kassel bis nach Darmstadt. Worüber ich mich besonders freute: Mein altes Lieblingsgedicht mit seiner poetischen Kraft kam zu ungeahnten, neuen Ehren.

Nur Su und Uli fanden meinen Werbespot nicht gut. »Damit hast du dich mit Haut und Haaren in den Dienst des Kapitalismus gestellt!« Vielleicht waren sie aber auch nur sauer darüber, dass ich kein schwäbisches Gedicht gesprochen hatte.

Lektion Nr. 18:
Oft kommt unverhofft ganz oft!

Wie das Dolce Vita nach Hessen kam

Der Werbespot mit mir für die Versicherung lief ein halbes Jahr im Radio. Wegen des großen Erfolges – die Kulanz-Versicherung schloss 22,3 Prozent mehr neue Versicherungen ab – wollte die Werbeagentur noch einen anderen Spot mit mir aufnehmen. Für eine Firma, die eine italienische Kaffeespezialität als fertiges Pulver verkaufen wollte.

Mit meiner tiefen Stimme und dem langsam gesprochenen Hessisch schuf ich ein Wort, das den Frauen nach Meinung von Herrn Seifert direkt in den Unterleib fuhr: »Cabbutschino!«

Das Wort sprach ich so weich und cremig aus, dass man sogar die vielen winzig kleinen Blubberbläschen in der Milchschaumkrone heraushören konnte. Für dieses wunderbar melodiöse italienische Wort nahm ich mir fast genauso viel Zeit wie für das Schlürfen einer Tasse Milchkaffee: »Caaa-buuu-tschiii-nooo!«

Mit dem Radiospot löste ich eine Revolution in Hessen aus. Eine Kaffeerevolution. Cappuccino wurde zum beliebtesten Frauengetränk – auch für Männer.

Immer öfter warteten nach Feierabend Frauen am Eingang des Supermarkts auf mich und baten um ein Autogramm. Den besonders hübschen bot ich großzügig

Küsse an statt Unterschriften. Meine Lippen waren endlich wieder im Einsatz. Eine paradiesische Zeit brach an!

Weil die Radiowerbung so gut lief, wollte die Firma dieselbe Werbung noch einmal fürs Fernsehen aufnehmen. Dazu musste ich nach München fahren, nach Schottland und Koblenz die für mich weiteste Reise. Dort durfte ich sogar in einem richtigen, prunkvollen Hotel wohnen. Mit meinen Eltern hatte ich höchstens mal auf dem Campingplatz übernachtet. Als Kind dachte ich, im Hotel wohnen nur ganz besonders reiche Leute, berühmte Schauspieler oder Ölscheiche. Und jetzt ich!

Außer mir waren in dem Hotel anscheinend wirklich nur Ölscheichs und andere reiche oder berühmte Leute. Ich erkannte zwar keinen von ihnen, aber jedenfalls war ich der Einzige aus Burgholzhausen.

Als ich das Hotel betrat, kam ich aus dem Staunen gar nicht mehr heraus! Was es da alles gab: Breite Marmortreppen, vornehme, antike Möbel und schnörkelhafte Verzierungen an den Decken – wie in einem königlichen Palast.

Eine junge Dame führte mich auf mein Zimmer – fast so groß wie unsere WG-Wohnung und dazu noch mit Balkon!

»Ist das nicht vielleicht eine Verwechslung?«

»Nein, das ist *Ihr* Zimmer. Frühstück ist morgen früh von halb sieben bis zehn Uhr.«

Donnerwetter. Von halb sieben bis zehn Uhr sind ja dreieinhalb Stunden! So lange frühstückte ich normalerweise nie. Aber wenn das hier so üblich ist, werde ich das eben machen. Als Gast muss man sich ja an die Regeln halten.

»Okay«, sagte ich, »wie Sie wünschen.«

Am nächsten Morgen stand ich um halb sieben mit verquollenen Augen vor einer meterlangen, reich gedeckten Frühstückstafel. Der Anblick und der Duft der vielen Leckerbissen ließ mich schnell wach und meine Augen größer werden. Was für ein königliches Festmahl! Die Auswahl an Köstlichkeiten übertraf meine Fantasie: Nicht nur Brötchen und verschiedene Marmeladensorten, sondern auch Croissants aus Frankreich, Käse aus Italien, Salami aus Spanien, Lachs aus der Tiefkühltruhe und viele, viele andere köstliche Sachen, die ich noch nie gesehen hatte! Deshalb dauerte das Frühstück so lange – um alles ausprobieren zu können!

Ich ließ dann auch nichts aus: ob Schinken, Omelette oder Marzipantörtchen. Obwohl ich mir für jeden Bissen Zeit ließ und genussvoll und langsam kaute und dabei voller Wohlbehagen stöhnte, war ich schon nach knapp zwei Stunden vollgefressen wie ein Thüringer Mastschwein. Aber ich musste ja noch anderthalb Stunden durchhalten! Also drosselte ich meine Kaugeschwindigkeit. Fast in Zeitlupentempo nahm ich jeden Happen zu mir und zerkaute ihn zu einem flüssigen, feinen Brei.

Aber mir fehlte bestimmt noch über ein Drittel aller Speisen, und ich wollte nicht schlappmachen. So wie einige andere Hotelgäste, die sich überhaupt nicht an die Regel hielten und schon nach einer Stunde das Frühstück beendeten oder mit riesiger Verspätung in den Frühstückssaal kamen. Sehr respektlos – aber wahrscheinlich hatten es die Reichen und Berühmten nicht nötig, höflich zu sein. Ich wollte meine Gastgeber auf keinen Fall enttäuschen. Doch all mein guter Wille half nichts – ich konnte kaum noch atmen und musste eine kleine Pause einlegen. Sonst hätte ich womöglich noch den Rückwärtsgang einlegen müssen.

Durch ausgiebiges Luftablassen nach oben und nach unten versuchte ich mir ein wenig Erleichterung zu verschaffen. Beide Taktiken haben in der Öffentlichkeit ihre Tücken: Der klassische Furz kann heimlich und sehr geräuscharm in den gepolsterten Sessel gedrückt werden. Aber als echter Kenner meiner Schleicher war mir klar, nicht jeder teilt meine Auffassung, dass sie wunderbar würzig duften. Ein fetter Rülpser fällt geruchsmäßig weniger ins Gewicht, aber von der Lautstärke her ist er eher unheimlich statt heimlich. Außerdem kann ein Rülpser bei ordentlich Druck den gesamten Mageninhalt mit sich reißen. Das würde die feine Atmosphäre und vor allem das Tischtuch beeinträchtigen. Und was sollten die Ölscheichs und Schauspieler nur von Burgholzhausen denken, das ich ja hier als Gast vertrat. Also bediente ich mich schwerpunktmäßig der ersten Variante. Ganz unauffällig hob ich mit lächelndem Gesicht die eine Arschbacke leicht an und schuf einen kleinen Luftkanal für den austretenden Wind.

Kurz zuvor hatte sich ein älterer Herr zu mir an den Tisch gesetzt, wahrscheinlich einer der Reichen. Besonders vornehm war er aber nicht gerade. Während ich mich regelmäßig dem Ausgleich widmete, sah er mich

über seiner dampfenden Kaffeetasse durch die halbrunde Lesebrille an. »Seltsam – jedes Mal, nachdem Sie mich breit und fett angrinsen wie ein übergelaufener Mülleimer, stinkt es hier nach hundert toten Ratten!«

Lektion Nr. 19:
Wer frühstückt
wie ein Kaiser,
kann nicht furzen
wie ein Bettler!

Wie der Maddin mit einem lauten Knall seinen ersten Fernsehspot aufnimmt

Vor dem Hoteleingang wartete nach dem Frühstück bereits ein Fahrer, der mich zum Filmstudio brachte.

Auch dort wurde ich nahezu königlich behandelt wie die Queen oder der Bundeskanzler. Ich war ja nun keins von beidem, ob sie mich verwechselt hatten? Um mich herum war noch mehr Personal als im Hotel. Insgesamt kümmerten sich vier Frauen nur um mich. Die erste holte mich schon an der Tür ab: »Hallo, ich bin Anna. Wenn du etwas essen oder trinken möchtest, bin ich immer für dich da!«

Wahrscheinlich war sie eine Art Küchenmagd. Aber eine sehr freundliche. Leider war ich ja noch total vollgefressen vom Hotelfrühstück. Aber sie wollte mir unbedingt einen Wunsch erfüllen, deshalb sagte ich zu ihr: »Bring mir eine halbe Backoblate.« Die würde ich schon noch runterkriegen.

Die zweite Frau sagte: »Hallo, ich bin die Uschi vom Kostüm.« Also meine Kammerzofe – genug Märchen hatte ich ja gelesen und kannte mich bei diesen altmodischen Berufen bestens aus. Extra für mich hatte Uschi verschiedene Hemden und Hosen eingekauft! Die durfte ich nun alle anprobieren. Es waren bestimmt die teuersten und vornehmsten Hemden, die ich je anhatte, wahrlich des Kaisers neue Kleider.

Eine dritte Frau sagte dann zu mir: »Hallo, ich bin Silke, die Maske.«

Das klang wie ein gefährlicher Mörder aus einem Edgar-Wallace-Krimi. Doch die *Maske* hieß nur so, weil sie den Schauspielern Creme und Puder ins Gesicht schmieren musste. Auch mein Gesicht wollte die Maske unbedingt schminken. Aber ich schminke mich zu Hause ja auch nie, nicht einmal an Sonn- und Feiertagen, ich kenne keinen Mann in ganz Burgholzhausen, der das tut. Aber die Maske blieb hart und puderte mein Gesicht ab: »Sonst glänzt du wie eine Speckschwarte.«

Zuerst war mir die ganze Schminkerei unangenehm, ich war doch keine Frau! Aber die *Maske* hatte wundervoll zärtliche Hände, und ich genoss ihre Berührungen sehr.

Eine vierte Frau lief die ganze Zeit aufgeregt mit so einer Art Funksprechgerät hin und her: »Ich bin Susi, die Aufnahmeleiterin.«

Diesen Beruf kannte ich noch nicht, aber er schien ganz wichtig zu sein. Vielleicht wie die Berater des Königs in den Märchen: Was sie so tun, weiß man nicht, aber sie sind wahnsinnig wichtig. Susi holte mich nach dem Schminken ab und brachte mich wieder zu der Küchenmagd Anna, die mich wieder nach einem Essenswunsch fragte. Diesmal bestellte ich einen Kaugummi.

Alle vier Frauen waren sympathisch und hübsch und kümmerten sich den ganzen Tag um mich. Schade, dass ich nicht wenigstens eine von ihnen mit in meine WG nehmen konnte! Aber das hätte sicher Ärger gegeben mit Su und Uli. Uli sagte ja schon, es sei Ausbeutung des Proletariats, wenn Su sich die Haare beim Frisör schneiden ließ.

In dem Raum, in dem ich dann meinen Text in die Kamera sagen musste, war das ganze Personal des Regisseurs versammelt. Dazu gehörten Männer, die nur dafür zuständig waren, den Raum mit unzähligen Leuchten und Lampen taghell zu machen. Warum gingen sie denn nicht gleich nach draußen? Das war das doch viel einfacher!

Ich hatte ja schon oft gelesen, dass die Leute beim Fernsehen alle ein bisschen verrückt sind. Wahrscheinlich hatten sie wirklich einen an der Klatsche. Den ganzen Aufwand hätten sie sich wirklich sparen können, aber ich mischte mich da nicht ein.

Andere Männer bedienten die Kamera, hielten die Mikrofone und hatten Kopfhörer auf.

Auch meine vier Mädels waren da, es wimmelte nur so von Menschen. Alles hörte auf das Kommando des Regisseurs. Die Spannung war bei allen so groß, als würde ein neugewählter Präsident seine erste Rede halten. Alle Blicke richteten sich nur auf mich. Das Wohl aller Menschen hier hing wohl von meinem Satz ab. Ihr ganzes Leben, ihre Existenz lag in meinen Händen. Wenn meine Stimme versagen würde wie einst vor Carola – dann würden sie ihren Beruf verlieren, ihre Wohnung, auf der Straße landen, im Elend leben! Aber zumindest die vier Damen könnte ich dann in unserer WG unterbringen, als Wirtschaftsflüchtlinge sozusagen.

Mein Puls schnellte in die Höhe, ich bekam schweißnasse Hände. So viele Menschen durfte ich nicht in unvorstellbares Leid stürzen. Jetzt bloß nicht versagen. Aber vor lauter Anspannung zog sich mein Körper immer mehr zusammen, alle Lockerheit war dahin. Die Verkrampfung reichte bis in meine Eingeweide. Durch den Druck löste sich ein heftiger Darmwind, der mit aller Wucht nach draußen drängte. Aber ich stand frei im Raum und es gab kein rettendes Sesselpolster für das Abgangsgeräusch.

Der Filmdirektor: »Und bitte!«

Oben entspannt sprechen und gleichzeitig unten zukneifen verlangt unglaublich viel Körperbeherrschung. Mein Darm wand sich wie eine Ladung Dynamit kurz vor der Sprengung. In meiner Mimik spiegelte sich wohl die verzweifelte Anstrengung in erbärmlichen Grimassen. Anstatt locker und geschmeidig presste ich wie eine unter Schmerzen Gebärende mein Wort mühevoll heraus: »Caa« – der Schweiß perlte mir in dicken Tropfen über die Stirn – »buu« – von Wohlklang keine Spur – »tschiii« – und bei der letzten Silbe passierte es – »noooo – oh!!!«

Mit einem donnernden Knall löste sich das hochexplosive Gasgemisch und schlug in die gebannte Stille wie eine Kanonenkugel!

Für Sekunden eisiges Schweigen.

Dann fragte ich: »Na, war der nix?«

Daraufhin fingen alle an zu lachen und zu applaudieren. Der Regisseur nannte mich einen Teufelskerl. Ohne Zweifel hatte ich alle mächtig beeindruckt.

Nun war ich entspannt und konnte locker, leicht und unbeschwert mein magisches Wort von mir geben. Der Regisseur war sehr zufrieden und die Anwesenden klatschten erneut in die Hände.

CABBUT-
SCHINOOOOOO...

Na, das war's dann, dachte ich in Erinnerung an das Tonstudio und wollte mich verabschieden.

Aber das war es ganz und gar nicht: Mindestens fünfzig Mal musste ich das Wort wiederholen! Entweder wurde das Licht verändert, der Ton, die Lautstärke, die Kammerzofe zog mir ein anderes Hemd an oder der Mann an der Kamera wechselte das Objektiv. Oder irgendeine andere Kleinigkeit passte dem Regisseur nicht, er schien ein ganz schwieriger Mensch zu sein, dem man nichts recht machen konnte. Dabei hatte er mich doch am Anfang so gelobt! Und nach jedem Mal kam gleich Frau *Maske* zu mir und wischte mir den Schweiß von der Stirn oder puderte mich ab.

Dann aber brüllte der Regisseur auf einmal in den Raum: »Drehschluss!« Und gratulierte mir: »Mensch, Maddin, das war ja heute echt schnell mit dir.« Schnell? Die lebten wohl wirklich in einer anderen Welt.

Als dann alles vorbei war, zog mich Uschi wieder um und Silke wusch mir den Puder ab.

Zu Hause in der WG musste ich mich leider wieder selbst anziehen und waschen. Su hätte ich bestimmt nicht fragen können, ob sie mir morgens eine Hose rauslegt. Dann wäre ich wohl gleich aus der WG geflogen.

Aber für einen Tag lang war ich ein König gewesen!

Lektion Nr. 20:
Besser einen Tag lang König als ein ganzes Leben lang Thronfolger!

Wie der Maddin beinahe als Seeräuber die Kinoleinwand erobert hätte und die Begegnung mit einem Meeresungeheuer machen muss

Der Fernsehspot, der bei diesen Aufnahmen herauskam, war ein halbes Jahr lang in ganz Deutschland zu sehen. Zwischen Nordsee und Alpen kannte man jetzt nicht nur meine Stimme, sondern auch mein Gesicht. Plötzlich grüßten mich viele fremde Menschen auf der Straße. Anfangs überlegte ich immer angestrengt, woher ich die betreffende Person wohl kenne. Ob vielleicht aus der Grundschule oder aus dem Posaunenchor? Erst mit der Zeit begriff ich, dass es einseitige Bekanntschaften waren – zwar erkannten die Menschen *mich*, aber umgekehrt waren *sie* mir vollkommen fremd. Berühmt-Sein ist schon irgendwie verrückt!

Wenn die Leute mich sahen, sagten sie oft: »Sie sind doch der Cappuccino-Mann!« Oder einfach: »Cabbutschinooooo!«

Ich nahm mir vor, wenigstens einen Teil von ihnen auch selbst kennenzulernen. Deshalb grüßte ich meist nicht nur freundlich zurück, sondern unterhielt mich auch mit den Leuten und fragte nach Namen und Wohnort.

Als Nächstes legte ich einen Aktenordner an, notierte

mir Namen und Adressen und besondere Merkmale der Gesichter. So lernte ich in einem Monat über eintausend Menschen kennen – die Hälfte davon waren Frauen!

Mit den Frauen musste ich alles nachholen, was ich jahrelang für Carola aufgespart hatte. Nach einigen Wochen kündigte ich meinen Job im Supermarkt, ich hatte einfach keine Zeit mehr dazu. Am frühen Vormittag ging ich in die Stadt und flanierte durch die Fußgängerzone. Ich legte mich sozusagen selbst als Köder aus. Dabei sprachen mich ständig Frauen an, von denen ich die eine oder andere am Nachmittag in einem Café traf, um am Abend die Bekanntschaft noch etwas zu vertiefen.

Eine dieser Vertiefungen war schlank, dunkelmähnig, hieß Kristina und war ein temperamentvoller weiblicher Vulkan Mitte dreißig. Kristina war Filmregisseurin und hatte einen ganz besonderen Grund, sich mit mir zu treffen: Sie wollte mich für ihren Film besetzen – einen Piratenfilm!

Sie lud mich nachmittags ein in ihre riesige Wohnung in Sachsenhausen mit Blick auf den Main. An den Zimmerwänden hingen Gemälde von Segelschiffen, alte Zeichnungen von Seeschlachten und Bilder legendärer Freibeuterkapitäne. Einer der Ölschinken ähnelte sogar Captain Iglo. Auf den Tischen und Stühlen lagen Bücher und Zeitschriften über die Geschichte der Seefahrt.

Kristina hatte sich jahrelang mit der Piraterie im siebzehnten und achtzehnten Jahrhundert beschäftigt und daraus war ein Drehbuch für einen Kinofilm entstanden. Aus ihrem Schrank holte sie mehrere Seeräuberkostüme und hielt sie mir an. Und das alles, bevor ich überhaupt einen Kaffee getrunken hatte. Ich probierte eins der Kostüme an mit Augenklappe und Seeräuberdolch. »Zu euren Diensten, My Lady!«

Eigenhändig zog sie mir alle Klamotten wieder aus – war sie denn wohl auch Kostümfrau? – und stürzte sich mit lautem Gebrüll auf mich. Bevor ich die Lage begriff, drückte sie mich schon rücklings auf ihr Bett.

Nach der ersten stürmischen Runde in ihrem historischen Himmelbett öffnete Kristina eine Flasche Rum und stieß mit mir auf den Erfolg des Films an. Sie leerte das Gläschen in einem Zug und schenkte sofort nach. Nach einer Stunde hatte sie schon ein Drittel der Flasche in sich hineingekippt. Als Genießer trank ich zwar wesentlich langsamer, hatte jedoch auch schon ganz schön die Lampe an.

Schließlich sagte sie, von Schluckauf unterbrochen: »Jetzt – hicks – stelle ich dich dem Prod – hicks – duzent vor!«

Der amerikanische Produzent des Films war anscheinend gerade in Deutschland auf einem Festival, und wir konnten ihn noch am selben Abend in Frankfurt in einer Gastwirtschaft treffen.

»Wollen wir das nicht lieber verschieben?«

Kristina hatte ja wirklich reichlich Rum genossen und konnte nicht mehr gerade stehen. Aber ihr Entschluss stand fest, sie rief ein Taxi, wankte die Treppe hinunter, und fünf Minuten später fuhren wir los. In der ganzen Hektik hatte ich versehentlich die Seeräuberklamotten angezogen und stieg als Pirat in den Wagen.

Unglücklicherweise hatte Kristina den Namen der Gastwirtschaft vergessen. Deshalb klapperten wir Lokal um Lokal ab, doch den gesuchten Filmproduzenten fanden wir nicht. Zum Schluss landeten wir im teuersten Restaurant von ganz Frankfurt, das vor allem bekannt war für seine Fischspezialitäten. Neben unserem Tisch stand ein riesengroßes Aquarium, aus dem man sich direkt seinen Fisch aussuchen konnte.

Ein ganzes Tier am Stück hatte ich bislang noch nie gegessen, auch keinen ganzen Fisch, weil ich nichts essen kann, was ein Gesicht hat. Deshalb habe ich auch nie die Fleischwurst mit dem Gesicht drauf gegessen. Ich finde es beruhigender, wenn einem das Tier nicht dabei zusehen kann, wenn man es aufisst.

Kristina bestellte etwas, wovon ich noch nie gehört hatte: »Bringen Sie mir einen Hummer!«

Sie beugte sich schlingernd über den Tisch und raunte verschwörerisch: »Der Hummer ist der Hammer!«

»Was ist ein Hummer?«, fragte ich sie. Aber ihre Antwort war so verworren, irgendwas mit Scheren. Aber welcher Fisch hat denn Scheren? Wozu soll das bitte gut sein, zum Algenschneiden? Vorsichtshalber bestellte ich Matjessalat Hausfrauenart.

Zehn Minuten später brachte der Kellner auf einem Tablett ein ganzes rotes Tier mit riesigen Fühlern und Panzer. Und aus dem Mundwinkel wuchs ihm eine riesige Klaue, die aussah wie eine Gartenschere!

»Bitte lass das zurückgehen!« Ich rückte vom Tisch weg.

»Quatsch! Das ist eine Delikatesse! Probier doch mal.«

Kristina hielt mir den Teller unter die Nase – das Ungeheuer schaute mir direkt in die Augen!

Von lauter Panik ergriffen bin ich vom Stuhl aufgesprungen und habe erst einmal meinen Dolch gezückt und drohend auf das Monster gerichtet. Eingekeilt zwischen Tisch und Wand sah ich nur einen Ausweg: Ich rettete mich auf die Kante des Aquariums. Aus sicherem Abstand beobachtete ich Kristina und das Scherenmonster.

Als Kristina aber auch aufstand und mir mit dem Teller immer näher kam, wich ich instinktiv zurück. Einen Moment schwankte ich in der Luft, ruderte mit den Armen, glitt dann in Zeitlupe vom schmalen Beckenrand – und landete mitten im Aquarium!

Patschnass und prustend sah ich jetzt erst, dass es in dem Becken nur so wimmelte von großen, violettblauen Bestien, die Kristinas Seeungeheuer verdammt ähnlich sahen! Sie krebsten auf mich zu und öffneten ihre Rosenscheren. Gleich würden sie mich zerteilen und auffressen.

In Todesangst zog ich mich aus dem Aquarium, rannte mit meinen nassen Piratenklamotten durch den Saal, aus meinen Stiefeln schwappte das Wasser, meine Klamotten klebten am Leib. In meiner Not rettete ich mich in die Damentoilette, die Männertoilette war nicht zu finden. Nach einer halben Stunde scheuchte mich eine ältere Frau zurück in den Saal – »Sie Strolch! Das ist nur für Damen!« Doch Kristina war nicht mehr da. Sie hatte in der Zwischenzeit noch eine Flasche Champagner geleert und den Kellner so lange beschimpft, bis sie hinausgeworfen wurde.

Die Rechnung war allerdings noch nicht bezahlt und betrug 500 Mark. Natürlich konnte ich die Zeche nicht zahlen, da ich kein Geld in meinen Seeräuberhosen hatte. Und so endete dieser Abend für mich auf der Polizeiwache.

Lektion Nr. 21:
Frauen, die nicht mehr stehen können, soll man nicht flachlegen!

Die finnische Mutprobe

Ich erzählte den Polizeibeamten meine Geschichte in allen Einzelheiten: Dass mir meine weibliche Begleitung eine Rolle als Pirat in einem Kinofilm angeboten hatte. Und dass sie sich ein furchtbares Seeungeheuer bestellt hatte, worauf ich dann in die Toilette geflüchtet war. Obwohl die reine Wahrheit, glaubten sie mir kein einziges Wort. Sie nannten mich sogar einen Lügner. Da wurde ich ganz schön wütend: » Holen Sie sofort Ihren Chef, ich möchte mich beschweren!«

»Das kannst du gerne haben, Früchtchen!«

Daraufhin holten sie eine Frau. Kriminalhauptkommissarin Bettina Engel.

Sie hatte die blonden Haare zu einem lässigen Zopf zusammengebunden, an ihren Schläfen lockten sich einige helle Strähnchen. Ihr Gesicht wirkte sehr weich und kein bisschen streng und einschüchternd.

Sie erkannte in mir sofort den »jungen Mann aus der Werbung« und beschloss spontan, die Vernehmung in privatem Rahmen fortzusetzen Ich hatte zwar schon oft davon gehört, dass sich Leute ihre Arbeit aus dem Büro mit nach Hause nehmen. Aber dass man einen Verdächtigen einfach zu sich heim ins Wohnzimmer setzt, war mir neu. Aber an diesem Verhör fand ich schnell Gefallen. Dabei musste ich ihr immer wieder das eine Wort ins Ohr sagen, das sie so gerne hörte: »Ca-bu-tschi-nooo…«

Dann stöhnte sie aus der ganzen Tiefe ihrer Kommissarinnenseele.

In den nächsten Wochen verhörte mich Kommissarin Bettina noch öfter bei sich daheim. Einmal besuchten wir zur Vertiefung des Verhörs einen Ort, der mir bis dahin fremd geblieben war: eine Sauna. Diese finnische Erfindung hatte mittlerweile auch Hessen erreicht.

Hätte ich nur vorher geahnt, was für eine Tortur dieses Saunazeug ist! Ich dachte, es sei so gemütlich und entspannt wie alles aus Skandinavien: Ikea, Pippi-Langstrumpf-Filme, Softeis. Von wegen!

Dabei begann alles eigentlich sehr lustig: Nach der Umkleidekabine stiegen Bettina und ich zuerst in ein kleines, rundes Becken mit knietiefem Wasser, in dem sich schon drei ältere Damen aufhielten.

Als wir mit ausgestreckten Beinen entspannt in dem warmen Wasser saßen, entwich mir ein kleiner Pupser in das Becken. Ein winziges Bläschen stieg daraufhin sachte nach oben an die Wasseroberfläche. Und wie auf ein geheimes Zeichen hin folgten auf einmal unzählige weitere Bläschen, die nach oben blubberten. Woher in aller Welt, dachte ich, kommen die ganzen Pupser? Wer hatte so viele auf der Pfanne minutenlang nachzulegen? Bettina hatte zwar einen sehr männlichen Beruf, aber das traute ich ihr dann doch nicht zu. Das konnte nur von dem fidelen Damentrio kommen, das scheinbar jede Menge Kaffee und Kuchen zu verdauen hatte, vielleicht auch den einen oder anderen Prosecco.

»Ich mach jetzt einen Saunagang, kommst du mit?« Bettina erhob sich. Und schlagartig hörte das Blubbern auf! Unfassbar: Was für ein außergewöhnliches Talent meine Kommissarin besaß!

In der Sauna empfing uns eine schier unerträgliche Hitze! Damit hatte ich überhaupt nicht gerechnet. In Finnland wurde es doch nie richtig heiß, das wusste ich aus dem Erdkundeunterricht. Normalerweise habe ich ja nichts dagegen, wenn es um mich herum wohlig warm ist. Aber das war eindeutig übertrieben! An der Wand hing ein Thermometer, das die Temperatur in dem kleinen Raum anzeigte. Ich traute meinen Augen nicht: über 90 Grad! Plus!

Damit war ja schon fast der Siedepunkt von Wasser erreicht! Nach kurzer Zeit platzt man da doch auf wie eine Fleischwurst! Meine schöne junge Haut.

Was fanden die Leute denn nur schön daran, sich in einen kleinen, engen, dunklen Raum zu setzen, in dem man vor lauter Hitze fast umkommt? Die harten Holzbänke drückten am Hintern, wo waren die hell gestreiften Gardinen und die gemütlichen Sessel? Die Sauna glich eher dem Kerker einer alten Burg.

Ich hatte schon davon gelesen, dass sich Menschen absichtlich in unangenehme Situationen bringen. Sie setzen sich großer Gefahr aus für eine Art Todeskitzel. Manche lassen sich in der Wüste aussetzen, andere springen mit einem Fallschirm über dem Dschungel ab. Vermutlich hatten sich die Finnen das hier ausgedacht, weil es bei ihnen keine Wüste und keinen Dschungel gab. Na ja, und am Ende gab es bestimmt eine ausgelassene Party, mit der man sein Überleben feierte – so wie die Urvölker nach Katastrophen. Also machte ich das Spiel mit, um danach auch schön feiern zu können. Außerdem wollte ich vor Bettina nicht als Feigling dastehen. Für meine Kommissarin war diese finnische Mutprobe sicherlich keine besonders große Herausforderung!

Erst wollte ich mich auf die unterste Holzbank setzen, dort war es vielleicht nicht ganz so schlimm heiß wie oben. Doch die unteren Plätze waren schon besetzt mit Frauen, Alten und Schwachen. Selbst auf der mittleren Bank, auf der Bettina Platz genommen hatte, war keine Handbreit mehr frei. Der einzige freie Platz war ganz oben! Da herrschten doch bestimmt weit über hundert Grad! Das war nur etwas für ganz hartgesottene, abgestumpfte Naturen.

In Burgholzhausen gab es früher den strammen Zimmermann Ludwig Hintermeier, dessen Vater aus Bayern stammte. Dieser Ludwig Hintermeier hatte öfters mal in der Gaststätte »Deutsches Haus« ein ganzes Bierglas zerkaut und runtergeschluckt. Auch fraß er hartgekochte Eier mitsamt der Schale. Kerle dieser Sorte saßen wohl da oben in der dritten Reihe – abgebrühte Eisenfresser und Schraubenkacker!

Da packte mich ein kühner Abenteurergeist. Wie ein tapferer, edler Ritter, der jedem Drachen entgegentritt, wollte ich es mit dem Fegefeuer des Saunaofens aufnehmen. Meiner holden Prinzessin, auch wenn sie nur eine Kommissarin war, musste ich meinen Mut beweisen. Todesmutig stieg ich auf die höchste Ebene zu den bierglasfressenden Schraubenkackern.

Doch weil die Saunagäste mit ihren nackten, schweißigen Leibern so dicht beieinander saßen, war es eine sehr glitschige, rutschige Angelegenheit zwischen all den Händen, Füßen und Arschbacken. Steigeisen wären nicht verkehrt gewesen. So glitt ich mit meinem rechten Fuß aus, rutschte ab und legte mich quer über die Knie einer knapp sechzigjährigen Dame mit schlimmen Krampfadern.

Im zweiten Anlauf erreichte ich mein Ziel, hatte jedoch mittlerweile einige Liter Wasser ausgeschwitzt und hechelte wie ein Hund mit hängender Zunge.

Mit jeder Sekunde, die ich dort oben saß, verlor ich mehr an Flüssigkeit. Ich war so geschwächt wie nach einem stundenlangen Marsch durch die Sahara, meine Kehle restlos ausgetrocknet. Aber ich wollte durchhalten. Wollte Bettina zeigen, dass ich es mit den Eisenfressern aufnehmen kann. Wollte als Letzter den Raum verlassen – tot oder lebendig!

Dann – mir schwanden schon alle Sinne – ging auf einmal die Tür auf, und ein kleines, muskulöses Männchen trat herein. In der rechten Hand hatte er ein kleines Eimerchen mit Flüssigkeit. In der Linken hielt er eine Holzkelle. Zuerst konnte ich mir keinen Reim darauf machen. Dann aber goss der kleine Kerl eine Kelle voll Wasser auf den Ofen. Aha, er will das Feuer löschen, damit es ein wenig abkühlt! Das musste ich natürlich verhindern, denn ich wollte ja die Mutprobe ohne Einschränkung bis zum Ende durchziehen und als Letzter aus der Sauna gehen. Also stieg ich mit letzter Kraft hinab und entriss dem Männchen seinen Eimer. Meine Kehle brannte, und die Flüssigkeit glitzerte so verlockend kühl. Ich schnappte mir den Eimer und trank ihn in einem Zug halbleer. Danach rülpste ich fröhlich in die Runde.

Die Höllenhunde von der dritten Bank beschimpften mich lautstark und gingen mit ihren Handtüchern auf mich los – wahrscheinlich, weil ich ihnen nichts von dem Wasser abgegeben hatte. Okay, das war vielleicht etwas egoistisch von mir. Aber das hätte jeder in meiner Situation getan.

Bevor mir einer der Schraubenkacker eins auf die Rübe geben konnte, stellte sich Bettina schützend vor mich wie eine Löwenmutter vor ihr Junges. Dann brachte sie mich hinaus in Sicherheit.

Lektion Nr. 22:
Auch wenn man
im Eimer ist,
soll man ihn nicht
gleich leersaufen!

Als Samba-Aushilfe im Pärchenclub

Bettina wechselte einige Wochen später nach Kassel in das dortige Kriminalkommissariat. So sahen wir uns nur noch selten, doch die Welt war damals voller schöner Frauen.

Einmal lud Herr Seifert mich in eine Frankfurter Gaststätte ein, um mit mir über seine Ideen zu reden. In diesem Lokal tanzten zwei kaffeebraune Frauen in farbenfrohen und dabei sehr freizügigen Kostümen. Zu Musik, die ein wenig nach Karneval klang.

»Eine Sambagruppe aus Brasilien«, erklärte mir Seifert.

An diesem Abend sah ich eines der größten Naturwunder dieser Welt: Zwei wunderschöne, anmutige junge Frauen bewegten beim Tanzen sämtliche Körperteile – auch die, von denen ich gar nicht wusste, dass man sie bewegen kann! Sie kreisten mit den Hüften und wirbelten ihre Hintern in fabelhafter Geschwindigkeit durch den Raum, dass einem davon schwindelig wurde! Weder auf das Essen noch auf das Gespräch mit Herrn Seifert konnte ich mich konzentrieren.

»Die Firma plant, die Laufzeit des Werbespots zu verlängern«, sagte Seifert. Meine Aufmerksamkeit lag aber ganz bei den beiden Brasilianerinnen und ihren himmlischen Bewegungen.

Nach jeder einzelnen Darbietung stand ich auf und klatschte überschwänglich in die Hände, so dass alle anderen Gäste im Lokal meine Begeisterung mitbekamen. Seifert bat mich um Zurückhaltung: »Jetzt hör mir doch mal zu: Da ist viel Geld zu holen!«

Aber ich war ganz im Banne dieser feurigen Tänzerinnen und ihrer explodierenden Leidenschaft und rief ganz berauscht: »Bravo! Bravo! Bravo!« Benommen von der Musik und verzückt vom Anblick der braunen Körper, schrie ich immer wilder.

Ich tanzte, klatschte mit den Händen im Rhythmus der Musik und brüllte mir die Kehle aus dem Leib: »Oleh, Olah, Oleh!«

Die anderen Gäste waren sehr irritiert, die Geschäftsleute in ihren Anzügen schauten betreten zur Seite.

Als Achtjährigen nahmen mich meine Eltern mit zum hundertjährigen Bestehen des Burgholzhäuser Gesangvereins. In dem Festzelt sangen Maria und Margot Hellwig den Geburtstagsjodler.

Auch damals wurde ich plötzlich von der Stimmung im Zelt angesteckt und fing an, nach Leibeskräften zu jodeln – ich konnte gar nicht mehr aufhören und jodelte sogar noch im Bett weiter bis zur vollkommenen Ermattung.

Ähnlich erging es mir nun mit den brasilianischen Sambatänzerinnen. Niemand konnte mich bremsen, weder Seifert noch andere Gäste. Meine Ekstase ging so weit, dass ich vor lauter Erschöpfung die Besinnung verlor und zu Boden taumelte.

Als ich wieder zu Bewusstsein kam, sah ich in die

schwarzen Augen der einen Tänzerin. Sie hatte sich zu mir gebeugt und streichelte mir die Stirn.

»Wieder wach, Senor Cappuccino?«

Erst in der heimischen WG bemerkte ich, dass mir die brasilianische Tänzerin eine Visitenkarte zugesteckt hatte. Darauf stand von Hand geschrieben in grünen Druckbuchstaben: Ruf mich an! Maria.

Was ich am nächsten Tage auch tat. Maria freute sich über meinen Anruf und lud mich zu einem Auftritt ihrer Sambatanzgruppe in einer Stadt am Rande des Taunus ein.

In bester Stimmung fuhr ich per Bahn in das Städtchen und ließ mich dann mit dem Taxi bis zu der genauen Adresse bringen.

Ein Theater oder ein Restaurant? Nein, der Taxifahrer hielt vor einer herrschaftlichen Villa. Also stieg ich die Treppe hoch zu dem Hauseingang und klingelte.

»Zu wem möchten Sie bitte?«

Der Mann, der mir die Tür öffnete, war barfuß bis zum Hals! Er trug einzig eine rote, glänzende Lederunterhose! Auch sonst wirkte er sehr geleckt, hatte eine südländische Ausstrahlung und eine Elvis-Tolle.

»Ach, ich bin wohl falsch hier.«

»Wohin wollen Sie denn?«

»In den Nachtigallenweg 18. Tanzt hier eine brasilianische Sambatruppe?«

»Ja, da sind Sie richtig. Kommen Sie mit.«

Warum lief der braungebrannte Mann in diesem seltsamen Aufzug herum? Ein merkwürdiger Hausmeister.

Ob ich ihm trauen konnte? Er führte mich in das Kellergeschoss, wo sich eine Art Garderobe befand, und sagte: »Hier können Sie sich ausziehen.« Damit verließ er mich.

Ausziehen? Wieso redete er so einen Unsinn?

Natürlich zog ich mich *nicht* aus und ging durch einen langen Flur, bis ich an eine Holztür kam, hinter der ich Stimmen und Lachen hörte. Vielleicht war hier unten eine Gastwirtschaft?

Durch die schwere Holztür betrat ich eine Art riesigen Partykeller. An einer massiven Holztheke saßen auf schwarzen Barhockern vorwiegend ältere, dickbäuchige Männer. Auch diese Herren trugen nichts weiter als ihre Unterwäsche. Einer von ihnen wog bei einer Größe von vielleicht einem Meter sechzig bestimmt drei Zentner. Trotzdem hatte er seine quellenden Formen in einen Tigerstring-Tanga gequetscht. Die dünnen Träger verschwanden in dem Körperfett des Mannes. Vielleicht war er von der Verkäuferin falsch beraten worden.

Jetzt sah ich, dass auch zwei nicht mehr ganz taufrische Frauen zwischen den Männern saßen. Die eine von den beiden, so um die fünfzig, hatte mich gleich erblickt und sagte in lockendem Ton: »Na, Süßer! Ich bin die Rosi. Und wer bist du?«

»Der Maddin.«

»So, der Maddin! Wo kommst du denn her?«

»Von draußen.«.

Rosi lächelte mir zu. Sie trug einzig eine rote Unterhose, die an den Rändern mit einem schwarzen Stickmuster versehen war. Das erinnerte mich an die Spitzendeckchen meiner Oma, die ein ähnliches Muster hatten. Aber die waren nicht rot. Da meine Oma diese Deckchen meist nur an Weihnachten auflegte, wenn es Kuchen und Weihnachtsplätzchen gab, lief mir beim Anblick der bestickten Unterhose automatisch das Wasser im Munde zusammen. Ich sah mich um, aber weit und breit keine Spur von Kuchen.

Die recht kräftig gebaute Rosi schaute mich mit leicht zusammengekniffenen Augen an, spitzte ihre Lippen und streifte dabei langsam ihren ebenfalls mit einem Blümchenmuster bestickten Büstenhalter ab. Zum Vorschein kamen zwei riesige Brüste, die alles in den Schatten stellten, was ich je gesehen hatte. Ich schreckte zurück, war ich doch in Gedanken immer noch bei den Weihnachtsdeckchen meiner Oma.

Dann stieg Rosi von ihrem Barhocker herab, kam auf mich zu und wedelte mit dem Blümchen-BH. »Was hast du denn noch deine Hose an? Los, runter damit!«

In dem Moment, in dem ihre Hand nach meiner Hose griff, packte mich das kalte Grausen, Haken schlagend lief ich davon wie ein verschrecktes, kleines Häschen. Warum wollten hier alle, dass ich mich ausziehe?

Ich rannte zurück ins Erdgeschoss, wo mir – endlich – Maria begegnete. Sie war wirklich eine unglaubliche Schönheit in ihrem hauchdünnen Kostüm. Die Dame aus dem Keller mochte sehr nett sein, hätte mich aber möglicherweise mit Haut und Haaren verschlungen, und ich wäre am Ende noch unter ihrem Busen erstickt.

Maria führte mich in ein großes Zimmer, das der Sambagruppe als Umkleideraum diente. Außer ihrer Kollegin aus dem Restaurant waren heute noch eine dritte Sambatänzerin und ein brasilianischer Tänzer dabei.

»Warum laufen hier so viele Leute in Unterhosen herum?«

»Das ist ein Swinger-Club!«

Keine Ahnung, was ein Swinger Club war, tanzte man dort Swing? Aber das ging doch viel besser in luftigen Tellerröcken, das wusste ich von meiner Oma. Meine Eltern sind früher nie mit mir in so einen Club gegangen.

Aber Maria erklärte mir, weshalb die Leute in einen solchen Club gehen: Sie möchten für ein paar Stunden ihre Partner tauschen!

Wie sonderbar, diese Tradition musste aus irgendeinem anderen Land stammen. Typisch für Hessen war sie jedenfalls nicht. Vielleicht hatte sie irgendein Missionar bei einem fremden Volk beobachtet und nach seiner Rückreise hier eingeführt?

Und warum hatte mich Maria ausgerechnet in einen Partnertauschclub eingeladen? Waren wir schon Partner, hatte ich etwas nicht mitbekommen bei meiner Ohnmacht?

Die Erklärung war einfach: Ihre Kollegin hatte ihr am Telefon mitgeteilt, dass sie zum 10-jährigen Jubiläum eines *Swingerclubs* tanzen sollten. Sie dachte dabei allerdings genauso wie ich an einen *Swingclub* und war der Meinung, der Auftritt würde in einem Jazzkeller stattfinden.

Um mir die Show der Sambagruppe ansehen zu können, gab es jetzt eigentlich nur eine Möglichkeit: Ich musste mich wieder in den Keller zu den sexhungrigen

Damen und den beleibten Glatzköpfen begeben. Und zwar nicht in Klamotten, sondern ähnlich freizügig wie die anderen Gäste. Aber ich durfte auf keinen Fall riskieren, dass Rosi mit den bedrohlichen Brüsten über mich herfiel! Sie wog mit Sicherheit das Doppelte von mir. Außerdem hätte ich dann den normalen Eintrittspreis für den Swingerclub bezahlen müssen. Und der lag für einen männlichen Besucher ohne Begleitung bei 250 Mark! Davon konnte ich über 500 Himbeerjoghurts kaufen!

Antonio, der muskulöse Tänzer, hatte die rettende Idee: Er lieh mir eine brasilianische Tanzhose aus, gelb mit grünen Streifen und mit glitzernden Pailletten benäht. Diese sollte ich anziehen und im Hintergrund zusammen mit der Gruppe tanzen. Antonio hatte sich am Vortag den rechten Fuß verstaucht und war froh über Unterstützung.

Aber wie bitte sollte ich das hinbekommen? Ich konnte doch gar nicht tanzen! Das wäre eine Riesenblamage!

Doch es half alles nichts – ich wurde von den temperamentvollen Brasilianerinnen mit lautem Geschrei einfach überstimmt. Sie rissen mir die Cordhose vom Leib und steckten mich in das Kostüm ihres Kollegen – es saß wie angegossen. Vielleicht besaß ich ja doch ungeahnte Sambafähigkeiten? Nach einer kurzen Einweisung in die Bewegungen und Schritte – ich hatte sofort alles wieder vergessen – zogen sie mich an der Hand in den Keller. Barfuß und ohne Hemd betrat ich die kleine Bühne gegenüber der Theke. Es waren mittlerweile drei Mal so viele Besucher in dem Club wie zuvor.

Ich hatte die Pailletten-bestickte Hose gestrichen voll.

Der Hausmeister mit der Elvis-Tolle machte eine kurze Ansage, dann legten wir los. Meine große Hoffnung: Wieso sollten die Zuschauer meine unbeholfenen Schrittversuche beachten, wenn es doch so hübsche Tänzerinnen gab.

Meine Pobacken kann ich nicht so schleudern wie die Brasilianerinnen, aber mein Hals ist sehr beweglich. Also machte ich den Hals lang und wackelte mit dem Kopf im Rhythmus der Musik.

Innerhalb von Minuten brach mir der Schweiß aus allen Poren, mein weißer Oberkörper glänzte wie eine Ölsardine. Aber die Angst war wie weggeblasen. Ich sprühte nur so vor Energie! Als sei eine südamerikanische Gottheit in meinen hessischen Körper gefahren. Hätte man mich in diesem Moment angesprochen, wäre die Antwort in astreinem Sambanesisch aus meinem Mund gekommen: »Me llamo Maddin!«

Mein temperamentvoller Tanz gefiel wohl den beiden älteren Frauen in den bestickten Unterhosen. Besonders Rosi ließ mich nicht aus den Augen. Irgendwie sah sie der Frau Debus aus Burgholzhausen zum Verwechseln ähnlich. Die arbeitete in einer Bäckerei und sang im Kirchenchor. Ging Frau Debus freitags zur Kirchenchorprobe und am Samstag in den Swingerclub? Jedenfalls wippte Rosies gewichtiger Körper im Takt der Musik, ihre riesigen Brüste klatschten ihr mit jedem Takt ins Gesicht. Sie feuerte mich an und johlte. Nein, das passte nun wirklich nicht zur Frau Debus aus dem Kirchenchor!

Rosie blickte mich vielsagend an und ließ ihre Hand

über den Bauch gleiten, um dann mit dem Daumen die Strapse schnalzen zu lassen. Welche Erwartungen hatte mein Tanz bei ihr geweckt?

Als wir unsere Tanzfolge beendet hatten, applaudierte sie heftig und warf mir Kusshände zu. Ich aber verschwand schnell mit den Tänzerinnen in einen Nebenraum.

Allerdings folgte uns der geölte Hausmeister mit der Elvis-Frisur. Nicht den zauberhaften Tänzerinnen, nein mir wollte er Komplimente machen! Blumig ging er mir um den Bart: »O, wie ich jeden Zentimeter deines Körpers liebe! Diese Anmut, diese Kraft und diese Schönheit!«

Dabei kniete er vor mir nieder und schaute mich aus flehenden Augen an wie ein Hund, der um sein Stöckchen bettelt. Jetzt fiel mir auf, dass er sogar ein Halsband trug!

Ein männlicher Verehrer mit Hundehalsband war ebenso wenig nach meinem Geschmack wie eine rollige Amsel in Reizwäsche.

»Ich bin nicht schön!«, schrie ich.

Mit dieser heftigen Zurückweisung hatte Elvis wohl nicht gerechnet. Mit eingezogenem Schwanz kroch er auf allen vieren rückwärts zur Tür hinaus.

Kaum hatte ich diese Attacke erfolgreich abgewehrt, kam die – offensichtlich angetrunkene – Doppelgängerin von Frau Debus hereingestürmt.

Widerstand war zwecklos. Mit ihrem voluminösen Körper begrub sie mich unter sich wie ein Walross. Fast erstickte ich unter ihrem schweren Leib. Mit rudernden Bewegungen versuchte ich sie wegzustrampeln.

Maria sah dem Treiben wütend zu: »Du fette Schlampe!« Bei diesen Worten griff sie in ihrem südamerikanischen Temperament nach Rosies rechtem Strapshalter, riss ihn mit einem heftigen Ruck nach vorne und zerfetzte dabei den kompletten Strumpf.

Ihre Rivalin langte nach Marias Bikini-Oberteil und rupfte es mit einem lauten »Das sollst du mir büßen!« herunter und zerriss es.

Das machte Maria noch rasender, sie warf sich auf ihre Gegnerin. Die beiden verkeilten sich ineinander wie junge Hunde und zogen sich die letzten Reste ihrer spärlichen Kleidung vom Körper. Ich wollte dazwischengehen – und fing mir prompt eine schallende Ohrfeige ein.

Erst zehn Minuten später gelang es Elvis mit dem Halsband und einer Bardame, die beiden zu trennen. Schwer atmend, voller Kratzspuren hockten sie splitterfasernackt im Raum.

Das war ein völlig neues Frauenerlebnis für mich.

Lektion Nr. 23:
Omis Spitzendeckchen und Rosis Spitzenhöschen sind zwei Paar Schuhe!

Schwäbische Plätzchen und Augsburger Seeelefanten

Su und Uli verwendeten viel Mühe darauf, aus mir einen »politischen Menschen« zu machen. »Das ist ganz wichtig«, sagten sie, »sonst kommen die *Rechten* wieder an die Macht. Deswegen musst du ein *Linker* werden.«

Aber ich wollte ja niemanden linken. Weder als Rechter noch als Linker. Politik ist sowieso genauso wie Fußball: einfach nur albern. Im Frankfurter Zoo habe ich mal einen ganzen Nachmittag den Pavianen zugeschaut. Die kloppten und stritten sich die ganze Zeit – nur wegen einer Kokosnuss! Ein Pavian jagte den anderen von links nach rechts. Dann drei andere Paviane eine Gruppe wieder von rechts nach links. Und die ganze Zeit ging es nur um die Kokosnuss! Fußball ist ja genauso. Und auch die streitenden Politiker im Fernsehen erinnern mich immer an Paviane.

Uli und Su konnten mich für ihre Sache, den südamerikanischen Freiheitskampf, nicht gewinnen. Wenn es um brasilianische Sambatänzerinnen gegangen wäre – okay. Irgendwann ging mir das Gerede der beiden einfach nur noch auf die Nerven.

Und was hielt mich jetzt in der hektischen, linken WG, obwohl ich mir längst eine eigene Wohnung hätte leisten können? Einzig und allein die Backkünste von Su. Die meisten Rezepte hatte sie von ihrer Oma. Dieses »spießige« Hobby hatte sie Gott sei Dank noch beibehalten. Obwohl es Uli nach außen hin peinlich war, dass seine Freundin den leckersten Bienenstich der Welt zauberte.

An einem Samstagnachmittag lockte mich der Duft von frisch gebackenen Plätzchen in die Küche. Auf dem Küchentisch stand ein ganzer Teller ofenwarmer Schokoladenplätzchen. Als Zeichen meiner Solidarität schob ich mir ein, zwei oder auch drei davon direkt in den Mund. Aber die Plätzchen schmeckten so gut, dass ich immer weiter essen musste. Auf einmal war der Teller leer, und alle Plätzchen auf dem Weg in meinen Magen.

Mehr Solidarität mit der Bäckerin war nicht möglich!

Die Plätzchen schmeckten wirklich ausgezeichnet, keine Frage. Aber sie hatten eine komische Wirkung auf mich – wie kein Gebäck je zuvor. Zuerst bekam ich immer mehr Hunger. Dabei hätte ich doch eigentlich pappsatt sein müssen!

Stattdessen Riesenkohldampf, als ob ich tagelang nichts mehr zwischen die Zähne bekommen hätte. Ich machte mich an den Kühlschrank und vernichtete sämtliche Käse- und Wurstvorräte, dazu Gurken, Silberzwiebeln, Tomatenpaprika und einige Dosen Thunfisch. Und immer noch nicht satt! Wieder hatte ich Lust auf Süßigkeiten – Schokolade. Am besten eine ganze Schwarzwälder Kirschtorte mit Sahne und Schokostreuseln.

In meiner Not durchsuchte ich das Zimmer von Peter nach Spuren von Schokolade. Er benötigte pro Tag mindestens eine 200-Gramm-Tafel Trauben-Nuss-Schokolade, weil er so viel dachte. Unter seinem Kopfkissen wurde ich fündig – eine Tafel Alpenmilchschokolade mit ganzen Rosinen und Haselnüssen!

Sie schmeckte köstlich und war in wenigen Sekunden verschlungen.

Irgendwie seltsam das alles. Und der arme Peter. Er war ja schon lange mein Freund, eigentlich schon immer. Außerdem klaute er auch keine Bettlaken. Und zum Dank fraß ich meinem besten Freund die ganze Schokolade weg! Kriminell, moralisch gesehen das Allerletzte! Ich war ein ganz niederträchtiger, gemeiner Schuft!

Und ganz offensichtlich nicht mehr Herr meiner Sinne.

Zur Ablenkung setzte ich mich vor den Fernseher und schaute mir *Urmel aus dem Eis* von der Augsburger Puppenkiste an.

Aber der Bildschirm war irgendwie viel breiter als sonst. Und alles in 3D – obwohl das technisch damals noch gar nicht ging!

Ein schwermütiger Seeelefant mit lilafarbenem Halstuch saß auf einem Felsen und sang hingebungsvoll das Lied von der Loreley. Er hatte einen Sprachfehler und machte aus fast jedem Vokal ein *ö:* »Öch weiß nöcht, was soll es bödeutön, dass öch so traurög bön.«

Die traurige Stimmung des Seeelefanten übertrug sich sofort auf mich. Die Tränen strömten nur so vor lauter Rührung.

Da hörte der Seeelefant auf zu singen und fragte mich: »Böst du auch traurög?«

»Ja.«

Und plötzlich wurde mein Hals immer wulstiger, eine

dicke Fettschicht zog sich meinen Rücken hinunter. Aus meinen Armen waren Flossen geworden und aus meiner Schnauze roch es nach Fisch.

Auf einmal stand Peter vor mir.

»Böst du auch traurög?«, fragte ich ihn.

Peter schaute mich traurig an. »Ja!« Dann begann er, fürchterlich zu weinen.

So unglücklich hatte ich ihn noch nie erlebt. Er machte den Eindruck, als habe er jeglichen Sinn in seinem Leben verloren.

Unter Schluchzern brachte er hervor: »Jemand hat meine ganze Schokolade aufgegessen!«

In diesem Moment kam Su wütend aus der Küche zu uns ins Zimmer gestürmt: »Wo sind meine Plätzchen? Zum Kuckuck!«

»Die hab ich gegessen, weil ich so viel Hunger hatte.« Ich wedelte mit den Flossen.

Daraufhin sagte Su mit hoher, schriller Stimme: »Kuckuck! Kuckuck!« Keine Schimpferei, immer nur »Kuckuck!«.

Und egal, was ich sie fragte, sie sagte immer nur »Kuckuck! Kuckuck!«. Vor Lachen wälzte ich mich auf dem Boden.

Ich lachte den ganzen Abend ununterbrochen. Und Su sagte nichts weiter als »Kuckuck!«.

Erst am nächsten Morgen erfuhr ich in der WG-Küche, warum Su so sauer war: Sie hatte die Plätzchen mit *Haschisch* gefüllt! »Fünf Gramm für die Kämpfer aus Nicaragua! Und du bourgeoiser Idiot hast sie alle gegessen.«

Das konnte man in Plätzchen machen? Ich konnte mir nicht vorstellen, dass Su dieses Rezept von ihrer Oma aus Baden-Württemberg hatte. Bei uns in Hessen jedenfalls kommt in die Plätzchen höchstens Vanillezucker.

Als Su am nächsten Abend die WG zu gefüllten Maultaschen einlud, habe ich vorsichtshalber dankend abgelehnt.

Lektion Nr. 24:
Drogen machen doof, aber nicht satt!

Der Klügere gibt auf

Mit den Fernseh-Werbespots verdiente ich in meiner WG-Zeit ziemlich viel Geld, obwohl die Hälfte davon als Vermittlungsgebühr an Herrn Seifert von der Werbeagentur floss.

So konnte ich es mir auch leisten, den Führerschein zu machen. Ich bin zwar kein großer Technikfreund und liebe eher das Radfahren und Spazierengehen in freier Natur. Aber die Vorstellung, an sonnigen Sommernachmittagen in einem Oldtimer mit offenem Verdeck gemütlich über die Landstraßen zu tuckern, fand ich herrlich romantisch.

Und für dieses Vergnügen braucht man nun mal leider einen Führerschein.

Mein Fahrlehrer Hannes Hildebrandt war der älteste, den ich im ganzen Umkreis finden konnte. Mit seinen 78 Jahren ging er sicher eher bedächtig an die ganze Fahrerei ran. Ein temperamentvoller, junger Heißsporn, der aus mir einen Formel-1-Piloten machen wollte, wäre bestimmt nicht ideal für mich gewesen.

Der alte Hannes hingegen nickte während der praktischen Fahrstunden ständig kurz ein, wachte aber auf, sobald ich den Wagen mal wieder mit einem heftigen Ruck abgewürgt hatte: »Habe ich etwas verpasst?«

Wir waren ein gutes Team, einer überdeckte mit seinen Schwächen die des anderen.

Außerdem war der alte Hannes ein wandelndes Sprüchelexikon. Am liebsten unterhielt er sich über Frauen. Natürlich hatte er da eine Menge Erfahrungen. Deshalb vertraute ich ihm auch all meine Erlebnisse an, und das waren viele. Einmal fragte ich ihn: »Was soll ich denn tun, wenn sich mehrere Frauen gleichzeitig für mich interessieren?«

Daraufhin gab er mir den bedeutungsvollen Ratschlag: »Wenn's Grießbrei regnet, soll man seinen Löffel rausholen!«

Er selbst ist diesem Motto wohl immer gefolgt, denn seine drei Ehefrauen hatten sich wegen zahlloser Seitensprünge scheiden lassen.

Nach nur vierzig Fahrstunden war es schon so weit: Hannes Hildebrandt wollte mich für die praktische Führerscheinprüfung anmelden. »Maddin, du fährst niemals *aggressiv* – das ist lobenswert. Dein Fahrstil ist nicht einmal mit dem Wort *defensiv* zu beschreiben. Du fährst so entspannt, da haben sogar noch die Frösche eine Chance wegzuhüpfen.«

Na, dann sollte ich die Prüfung doch mit links bestehen – oder mit rechts. Oder wie auch immer.

Doch ich hatte die Rechnung ohne den Prüfer gemacht!

Zunächst setzte sich dieser bierernste, humorlose Mensch in dem Fahrschulauto direkt hinter mich auf die Rückbank. Sein kalter Atem streifte meinen Nacken. Das mochte ich überhaupt nicht. Egal ob in einer Gastwirtschaft, im Kinosaal oder im Bus – ich kann es nicht leiden, wenn sich jemand direkt hinter mich setzt.

Betrete ich beispielsweise ein Café, so suche ich mir auf jeden Fall einen Sitzplatz mit dem Rücken direkt zur Wand. Meinen Rücken einfach offen und ungeschützt der Umgebung auszusetzen wäre ja riskant und gefährlich.

Peter Schaller hat mir mal erklärt, warum es vielen Leuten so geht wie mir: In früheren Zeiten lebten die Menschen noch in freier Natur und mussten jederzeit mit dem Angriff eines Bären oder Löwen rechnen. Obwohl mich in einer hessischen Gastwirtschaft höchstwahrscheinlich kein Bär mehr von hinten anfallen würde, möchte ich mich vor dieser Gefahr so gut wie möglich schützen. Gegen die Urmenschengene ist auch der gewiefteste Hesse nicht gewappnet!

Diese einfachen Zusammenhänge erklärte ich meinem Prüfer. »Bitte«, sagte ich sehr freundlich, »setzen Sie sich doch etwas weiter nach rechts. Wenn Sie direkt hinter mir sitzen, kann ich mich nicht so gut konzentrieren.«

»So etwas habe ich ja noch nie gehört!« Verständnislos stierte er mich an. »Wie und wo ich mich während der Prüfung hinsetze, entscheide immer noch ich.«

»Aber Sie könnten mich von hinten erwürgen oder irgendwie anders umbringen. Diese Urangst ist bei allen Primaten sehr verbreitet. Und weil es ein biologischer Instinkt ist, kann man es nicht steuern. Fragen Sie den Peter Schaller!«

Mein Freund würde bestimmt irgendwann einmal den Nobel-Preis für seine ganzen Erkenntnisse bekommen.

»Wenn Sie weiter so einen Mist erzählen, werde ich Sie tatsächlich noch erwürgen! Fahren Sie los!«

Die ganze Fahrt über blieb der Prüfer genau hinter mir sitzen. Ein unverschämtes Verhalten!

Meine Konzentrationsfähigkeit war dadurch ganz schön im Arsch. Um mich abzulenken und gute Laune zu bekommen, stimmte ich ein Lied an. Für gewöhnlich singe ich in Stresssituationen inbrünstig alte Operettenschlager.

»Geeern hab ich die Frau n geküüüst, hab nie gefraaagt, ob es gestaaatet iiist.«

Hannes Hildebrandt, der alte Haudegen, schunkelte auf der Rückbank mit. Mein Hintermann war jedoch völlig unempfänglich für mein schmachtendes Geschmetter.

»Muss diese Plärrerei sein?«

Ich sang unbeirrbar, Hannes Hildebrandt klatschte vergnügt im Takt. Das Wetter war herrlich, die Sonne schien, und die Bäume schimmerten in einem zarten, frühlingshaften Grün. Mit munteren vierzig Stundenkilometern fuhr ich flott durch die schöne Landschaft.

»Sie sitzen hier nicht in der Badewanne – das ist eine Fahrprüfung!«

»Ich weiß.«

»Und Sie können ruhig ein wenig schneller fahren!«

»Danke, das ist sehr nett, aber ich hab's nicht eilig.«

»Drücken Sie auf die Tube, Mann!«

Na, der soll mich in Frieden lassen. Ich erhöhte auf satte fünfzig.

»Hier sind achtzig erlaubt. Warum fahren Sie keine achtzig?!«

»Muss man denn alles tun, was nicht verboten ist?«

»Sie bremsen den Verkehrsfluss. Schauen Sie mal in den Rückspiegel!«

Hinter uns hatte sich eine Schlange von ungefähr dreißig Autos gebildet.

»Aber das ist doch kein Grund zu rasen! Ein höheres Tempo wäre gegen die menschliche Natur!«

»Schwätzen Sie nicht!«

»Der Mensch gehört nun mal nicht zu den schnellsten Säugetieren. Er kann nicht schneller laufen als maximal fünfzig Kilometer pro Stunde. Deshalb sind Geschwindigkeiten, die darüber liegen, absolut unmenschlich. Wir sind doch keine Geparden.«

Mein Prüfer aber hatte leider überhaupt kein Interesse an den neuesten wissenschaftlichen Erkenntnissen. Der hatte Hummeln im Hintern und wollte aus mir unbedingt einen Raser und Drängler machen.

Dann musste ich bremsen, weil vor mir ein Traktor auf die Landstraße bog.

»Den überholen Sie aber jetzt!«

»Das ist der Reinhards Karl! Der biegt in ein paar Minuten sowieso in seinen Hof ab.«

»Überholen!«

Sein scharfer Ton dröhnte in meinen empfindlichen Ohren. »Jetzt überholen Sie endlich! Mensch!«

Bei diesem Befehl duschte er meinen Nacken mit einer gehörigen Portion Speichel.

Erst setzt sich dieser ungehobelte Menschenschinder direkt und wissentlich in die Sperrzone hinter meinem Rücken, dann drängt er mich dazu, mit rasender Geschwindigkeit über die Landstraße zu brettern, und schließlich versucht er noch, mich zu einem riskanten, rüpelhaften Überholmanöver zu zwingen, indem er mir von hinten ins Genick speuzt und mich vor den Augen meines Fahrlehrers Hannes Hildebrandt erniedrigt!

»Was machen Sie?«

»Ich fahre rechts ran. Und steige aus.«

Ohne diesen völlig überflüssigen Prüfer wäre ich bestimmt nicht durchgefallen – und könnte heute mit dem Cabriolet und den wehenden Haaren meiner Beifahrerin in den Sommerabend fahren.

Nach Hause lief ich zu Fuß. Das Wetter war herrlich.

Lektion Nr. 25:
Besser gut gelaufen,
als schlecht gefahren!

Der feministische Fußtritt

Den verpatzten Führerschein vergaß ich schnell. In jenen Tagen passierte ohnehin sehr viel Aufregendes. Täglich gab es neue Reaktionen auf meinen TV-Spot. So übermittelte mir der Herr Seifert die Einladung zu einer Talkshow. Konnte das denn sein, ich war doch kein berühmter Politiker oder Schlagersänger? Aber am Telefon versicherte mir eine sympathische Frau: »Nein, das ist kein Irrtum. Sie sind doch auch berühmt!«

»Meinen Sie wirklich?«

»Auf jeden Fall! Jeder kennt Ihren Cappuccino-Spot! So schnell wie Sie schafft es fast niemand, berühmt zu werden!«

Das wollte ich der Dame gerne glauben, ich war nun also richtig berühmt.

»Was muss ich denn da machen in Ihrer Show?«

»Einfach nur reden.«

»Und was ist, wenn ich an diesem Tag nicht in Stimmung bin?«

»Wir werden schon etwas aus Ihnen rausbekommen!«

»Och, wissen Sie, ich glaub, das ist nichts für mich. Trotzdem vielen Dank für die Einladung!«

»Das wäre wirklich sehr, sehr schade! Bitte, kommen Sie zu uns! Ich würde mich so sehr darüber freuen!«

Die nette Dame klang so traurig und flehentlich, und ich mag es nicht, wenn Frauen betrübt sind – also sagte ich zu.

Da jauchzte sie vor Freude und versprach mir Unterbringung in einem hochklassigen Hotel – mit einem traumhaft leckeren Frühstücksbuffet! Hoffentlich dauerte das Frühstück da nicht auch wieder vier Stunden, mit zwei Stunden wäre ich auch schon zufrieden.

Für die Talkshow hatte man nicht ganz so viele Leute angestellt wie für den Werbespot. Ich musste mein eigenes Hemd anziehen. Und die Käse- und Lachshäppchen mit den anderen Gästen der Talkshow teilen. Aber meine Eltern in Burgholzhausen haben mich ja gut erzogen, früher musste ich ja auch immer alles mit meiner Zwillingsschwester teilen.

Zum ersten Mal traf ich andere berühmte Menschen, die ich aus dem Fernsehen kannte. Als mir Roberto Blanco gegenüberstand, konnte ich erst gar nicht glauben, dass er echt war. Eine Figur aus dem Fernsehen, wie Tarzan, Dick und Doof oder Roberto Blanco, die gab es doch nicht in Wirklichkeit!

Als er mich begrüßte, fühlte ich mich, als hätte mir der Osterhase persönlich die Hand geschüttelt! Die ganze Zeit wartete ich darauf, dass er endlich seine Maske abnimmt. Aber das Gesicht war wohl echt.

Auch die *Tagesschau*-Sprecherin Dagmar Berghoff sah genauso aus, wie ich sie aus dem Fernsehapparat kannte. Aber wieso sagte sie »Guten Abend, Herr Schneider« und nicht wie gewohnt »Guten Abend, meine Damen und Herren«. Sehr irritierend.

Statt der neuesten Nachrichten aus der Weltpolitik erzählte sie von dem netten Taxifahrer. Wie uninteressant – und einer *Tagesschau*-Sprecherin überhaupt nicht würdig!

Das war wie in Burgholzhausen, wenn ich auf dem Heimweg von der Schule Hildegard Wagner begegnete, die als Verkäuferin in der Konditorei Nothnagel arbeitete. Natürlich war ich bei ihrem Anblick automatisch darauf eingestellt, dass sie wie gewohnt zu mir sagte: »Was darf's denn sein?« Doch Frau Nothnagel sagte einfach nur: »Tach, Maddin!« und ging weiter. Unglaublich.

Außer der charmanten Frau Berghoff und dem netten Herrn Blanco waren als weitere Gäste der Talkshow da: ein schlecht gelaunter Schriftsteller und eine Frau, die von Beruf *Feministin* war. Das Wort hatte ich schon einmal in der WG gehört. Feministinnen konnten sehr gefährlich werden. Besonders als Mann sollte man sich vor ihnen in Acht nehmen. Das hatte Peter Schaller mir gesagt, und der wusste schließlich alles.

Die eingeladene Feministin kannte ich weder aus den Nachrichten noch aus *Bonanza* oder aus sonst irgendeiner Fernsehsendung. Sie war anscheinend nicht berühmt. Ihren Namen konnte ich nicht behalten, er klang so ähnlich wie Tittwarzer. Jedenfalls sah sie gar nicht so gefährlich aus und trug auch, soweit ich sehen konnte, keine Waffe bei sich. Möglicherweise hatte Peter etwas übertrieben!

Dann kam die Moderatorin. Eigentlich sah sie viel gefährlicher aus als die Feministin, mit langen Fingernägeln und hochhackigen Stiefeln. Aber auch sie war sehr nett. Wir vereinbarten, dass sie mich als Ersten in der Show vorstellt, denn ich wusste nicht, wie lange ich dort überhaupt sitzen konnte, ohne müde zu werden.

Im Fernsehstudio saßen ungefähr fünfzig Zuschauer. Eigentlich hätte ich gerne alle mit Handschlag begrüßt, aber das wollte die Moderatorin nicht. Und so gefährlich wie sie aussah, traute ich mich nicht, zu widersprechen.

Die Moderatorin sagte zu mir: »Bitte stellen Sie sich doch selbst den Zuschauern vor!«

»Hallo, ich bin der Maddin aus Burgholzhausen.«

Der ganze Saal lachte. Warum, konnte ich mir nicht erklären.

Dann wurde der Werbespot gezeigt.

»Maddin«, fragte die Moderatorin, »welche Pläne haben Sie für die Zukunft?«

»Ich möchte mir ein paar neue Wanderschuhe kaufen.«

Wieder Lachen im Publikum.«

»Sind Sie immer so, oder tun Sie nur so?«

»Wie?«

»So, wie Sie gerade sind.«

»Wie soll ich denn sonst sein?«

Die Leute im Saal hingen lachend in den Stühlen. Ob sie zu viel Hochprozentiges getrunken hatten? Die Moderatorin stellte wirklich sonderbare Fragen: »Was machen Sie, wenn Sie Angst bekommen?«

»Hm – dann singe ich Operettenschlager.«

»Wirklich? Singen Sie mal einen!«

»Geeern hab ich die Fraun geküüüst, hab nie gefraaagt, ob es gestaaatet iiist.«

Da brüllte die Feministin: »Das ist frauenfeindlich!«

»Nein, das ist sehr frauen*freundlich*! Ich hab schon

mit acht die Mädchen geküsst, und die fanden es alle klasse!«

Frau Tittwarzer schaute mich entsetzt an.

»Haben Sie schon einmal neben einer Feministin gesessen?«, fragte die Moderatorin.

»Nein, das ist heute das erste Mal. Die gibt es bei uns in Burgholzhausen nicht.«

»Was wissen Sie denn von ihnen?«

»Eigentlich nichts, aber ich habe von meinem Freund und Mitbewohner gehört, dass sie sehr bösartig sein sollen.«

»Bösartig?«

»Ja, aber das glaube ich nicht. Frau Tittwarzer sieht doch ganz harmlos aus.«

Obwohl es ein Kompliment war, schaute mich die Feministin bei dem Wort »harmlos« ganz böse an. Dann fragte sie mich: »Was hat Ihr Freund Ihnen denn noch alles über uns Feministinnen erzählt? Bestimmt dass wir laut schnarchen und flache Brüste haben, heh?«

»Nein, das hat er mir nicht erzählt, aber soweit ich sehen kann, haben Sie wirklich flache Brüste. Das finde ich aber nicht schlimm. Vielleicht wachsen sie ja noch.«

Da trat sie mit voller Wucht gegen mein rechtes Schienbein: »Du mieses Machoschwein!«

Wieso wurde sie denn so wütend? Ich war doch ganz freundlich und sachlich.

Beinahe hätte ich reflexartig zurückgetreten, aber Frauen darf man nicht schlagen, treten oder beißen – auch wenn die Frau zuerst tritt, schlägt oder beißt.

Die meisten Säugetiere haben ja eine sogenannte

Weibchenbeißhemmung. Die Männchen beißen also normalerweise nicht die Weibchen, auch wenn die Weibchen auf sie losgehen. Das haben mir meine Eltern auch beigebracht.

Aber was macht man, wenn eine Feministin auf einen losgeht?

In Burgholzhausen gab es überhaupt nur eine unfreundliche Frau: die alte Frau Koch. Aber ich glaube, sie war keine Feministin. Sie wohnte ganz alleine in einem heruntergekommenen, alten Bauernhof. Als Kind hatte ich immer Angst vor ihr mit ihrem grimmigen Blick und dem Schnurrbart.

Einmal ging ich zu Ostern mit meinem Osterkörbchen in der Nachbarschaft Eier und Schokoladenhasen sammeln. Das war so üblich bei uns, alle Kinder waren am Vormittag unterwegs und fragten, ob der Osterhase etwas für sie gelegt hat. An diesem sehr kalten Ostersonntagmorgen klingelte ich auf meiner Tour auch bei der alten Frau Koch. Als sie mir öffnete, setzte ich mein freundlichstes Lächeln auf und sagte in aller Höflichkeit: »Frohe Ostern! Hat denn der Osterhase etwas für mich gelegt?«

»Nein! Dem ist heute Nacht sein Arschloch zugefroren!«

Sofort brach ich in Tränen aus. Dass der gute, liebe Osterhase ein solch schlimmes und schmerzhaftes Schicksal erleiden musste – wie grausam! Würde er jetzt sterben müssen? Kann man das operieren?

Und dieser scharfe, abweisende Ton der alten Frau Koch – was hatte ich denn getan?

Bei der Attacke von Frau Tittwarzer musste ich an ebendiese Frau Koch denken. Zum Glück hatte Peter mich vor Feministinnen gewarnt, sie waren wohl wirklich unberechenbar. Vielleicht konnten sie ja auch nichts für ihre Anfälle, und es lag nur an ihrem Stoffwechsel. Also blieb ich ganz sachlich: »Was sind denn Machoschweine? Von dieser Rasse habe ich noch nie gehört.«

Mit Schweinen kannte ich mich gut aus, meine Großeltern hielten Schweine, und mein Opa hatte mir sehr viel über sie beigebracht. Von ihm hatte ich auch das große Lexikon der Hausschweinrassen geschenkt bekommen. Doch diese Sorte war darin nicht aufgeführt.

»Ist das eine Neuzüchtung?«

Sie trompetete nur: »Ich lasse mich nicht weiter provozieren! Der Feminismus ist eine wichtige Sache für uns Frauen!«

»Ja, ich glaube auch, dass der Feminismus ein ganz interessantes Hobby für die Frauen sein kann«, sagte ich beschwichtigend.

»Was?«, schrie sie, »Hobby?! Du hältst die Befreiung der Frauen für ein Hobby?«

»Nein, nein, aber welche Frauen müssen denn überhaupt befreit werden?«

»Alle!«

»Sie auch? Sie sehen doch ganz frei aus, vielleicht ein bisschen wütend. Oder werden Sie etwa nach der Sendung eingesperrt?« Frau Tittwarzer stand auf und verließ laut schimpfend das Studio.

Zwei Tage später präsentierten mir Su und Uli in der WG einen Zeitungsbericht mit der Schlagzeile:

Mr. Cappuccino legt sich mit Feministin an!

»Dir ist doch klar, dass du nicht mehr bei uns wohnen kannst, oder?«, fragte Uli.

»Wir schämen uns sehr für dich. Du hast unserer Sache sehr geschadet!«

Lektion Nr. 26:
Wer frei sein will, darf sich nicht über flache Brüste ärgern!

Wie man zu einer Jesusrolle kommt wie die Jungfrau zum Kind

Nach meinem Rauswurf aus der Frankfurter Wohngemeinschaft wollte ich zurück nach Burgholzhausen ziehen. In der Erbsengasse gab es ein kleines, schnuckeliges Fachwerkhaus, das meiner Großtante Hilde gehört hatte. Sie war kinderlos verstorben, so dass es meinen Eltern zufiel. Eigentlich war das Haus prima in Schuss – gut, bis auf das bisschen Schimmel an den Zimmerwänden.

Woher der wohl kommen mochte? Obwohl, Tante Hilde hatte immer viel Erdbeermarmelade gekocht. Vielleicht war mal eine schimmelig geworden, dann war das Glas aufgegangen durch Gasentwicklung – Peter Schaller hatte mir mal einen Versuch in Chemie gezeigt – und der Schimmel auf die Wand gesprungen!

Mein Petter (das ist das hessische Wort für Patenonkel) hatte eine ganz andere Idee: Der Schimmel kommt von dem Wasser, das im Keller steht und die Wand hochgegangen ist.

Was für eine sonderbare Erklärung! Wie soll denn bitte Wasser die Wand hochlaufen können? Es gibt doch die Schwerkraft, die immer alles nach unten drückt. Warum sollte dann Wasser nach oben gehen? Obwohl, wieso können wir dann eigentlich Treppen steigen? Das musste ich Peter Schaller bei Gelegenheit noch einmal fragen.

Aber Schimmel ist doch auch gar nicht so schlecht, den kann man ja sogar essen, zum Beispiel im Gorgonzolakäse.

Vorsichtshalber klebte ich neue Tapeten an die Wände, und weg war der Schimmel! Das Wichtigste bei der Renovierung: Ich musste einen großen Briefkasten aufhängen, denn ich bekam nach der Talkshow haufenweise Post. Zumeist Autogrammwünsche, aber auch den Brief eines Filmregisseurs aus München war dabei. Er schrieb: Rufen Sie mich unbedingt an. Ich hätte da eine Rolle für Sie in meinem neuen Film.

Aber mit meinem Umzug und der Renovierung hatte ich so viel zu tun, dass ich den Brief schnell vergaß.

Drei Monate später schrieb er ein zweites Mal. Da die Tapeten inzwischen hingen, der Jägerzaun instand gesetzt war und der Briefkasten ordentlich stand, konnte ich ihn jetzt auch anrufen. Wir hatten ein sehr nettes, langes Gespräch, obwohl er ein halber Bayer war. Seine Mutter stammte ursprünglich aus Frankfurt, deshalb war der Regisseur Maxi Müller ein großer Verehrer der Hessen und ihres Dialekts. Und mir als Hesse wollte er sogar die Hauptrolle in seinem Film anbieten! Genaueres sollte ich in München erfahren.

Eine Woche später holte mich Maxi Müller am Bahnhof ab. In einem zünftigen Wirtshaus begann er zu erzählen:

»Du, ich hab dich in der Talkshow gesehn, und da war mir nach einer Minute klar: Du bist es! Du und kein anderer!«

»Was bin ich?«

»Jesus.«

»Ich bin Jesus?«

»Ja, da bin ich mir absolut sicher!«

Hatte der nicht alle Rosinen im Kuchen? Ich und Jesus? Das konnte man doch auf den ersten Blick sehen, dass ich nicht Jesus war! Wo war mein Kreuz? Wo meine Stigmata? Und so einen kratzigen Dornenkranz habe ich auch noch nie getragen. Höchstens mal einen mit Gänseblümchen, aber das ist schon lange her.

»Ich bin der Maddin!«

»Wunderbar! Wie in der Talkshow! So ehrlich und direkt. Ganz unverstellt. Deshalb bist du genau der Richtige für meinen Jesus!«

»Der Film geht über Jesus?«

»Und du spielst den Jesus!«

»Wirklich?«

»Natürlich nur, wenn'st magst! Magst?«

»Hm. Seh ich dem überhaupt ähnlich? Der hatte doch einen ganz anderen Haarschnitt und so.«

Maxi lachte: »Super! Genauso will ich dich haben!«

Da gab es doch bestimmt viel bessere Jesusse. Warum nicht Götz George oder Manfred Krug? Als gelernte Schauspieler konnten die Jesus doch sicher mit links spielen – und mit rechts! Oder Thomas Gottschalk – der passte von der Frisur her doch viel besser.

»Weißt du, ich möchte Jesus mal ganz anders zeigen, als man ihn aus früheren Bibelverfilmungen kennt. Als einen ganz normalen Menschen. Deshalb will ich keinen bekannten Schauspieler für die Rolle haben, sondern jemand wie dich! Du bist für mich der Jesus der Achtziger!«

Meinte er damit die Achtzigjährigen? Wieso fragte er denn dann nicht Jopie Heesters?

»Du passt als Typ fantastisch zur Neuen Deutschen Welle. In meinem Film werden einige Songs vorkommen. Dann kommt die Bibel nicht so verstaubt daher. Nena soll die Jungfrau Maria spielen. Mit neunundneunzig Luftballons als Zeichen ihrer Reinheit.«

Ach so, er meinte die achtziger Jahre. Nena fand ich klasse, die war so verrückt. Wenn Nena im Radio lief, musste ich sofort tanzen und den Text mitsingen, egal, wo ich war. Im Film wäre ich dann ja ihr Sohn!

Für Probeaufnahmen sollte ich noch einmal nach München kommen. Damit wollte Maxi Müller den Mann von mir überzeugen, der seinen Film bezahlte, den Produzenten. Wobei der ja gar nichts produzierte, der hatte ja keine Konservenfabrik oder so, sondern einfach nur Geld gab. Aber die Filmleute sind eben komisch, daran hatte ich mich schon fast gewöhnt.

Bei den Probeaufnahmen saß der Produzent neben Maxi Müller und verfolgte alles mit skeptischem Blick.

Die Kostümfrau hatte mir einen tollen Jesuskittel genäht und von der Maskenfrau bekam ich eine langhaarige Perücke aufgesetzt. Ich war ein viel schönerer Jesus als Thomas Gottschalk!

Ich sollte einige Sätze aufsagen, die Jesus zu seinen Jüngern gesagt hat. Zuerst etwas aus dem Matthäus-Evangelium: Richtet nicht, damit ihr nicht gerichtet werdet, denn mit dem Gericht, mit dem ihr richtet, werdet ihr gerichtet.

Wir Hessen unterscheiden in unserem Sprachgebrauch ja nicht zwischen *ch* und *sch*. Deswegen hört sich das *ch* eher wie ein rauschendes *sch* an. In meinem Munde bekam der Text deshalb einen flauschigen Flokatiklang: »Rischtet nischt, damit ihr nischt gerischtet werdet, denn mit dem Gerischt, mit dem ihr rischtet, werdet ihr gerischtet.«

Das Gesicht des Produzenten verzog sich zu einer leidenden Grimasse – vielleicht könnte er eines von Jesus' Klageweibern spielen? »Du lieber Gott, das geht gar nicht! Das geht gar nicht!«

Maxi Müller sprach beruhigend auf den Produzenten ein: »Die Textauswahl war nicht sehr glücklich. Zugegeben, er hat eine leichte ch-Schwäche, aber seine Natürlichkeit und seine besondere Ausstrahlung gleichen das vollkommen aus. Machen wir doch erst mal weiter! Martin, den Kinderspruch, bitte!«

Den Kinderspruch? Was meinte er damit? Da fiel mir zum Glück der alte Kinderreim ein, mit dem ich ja schon öfter Erfolg gehabt hatte: »Sitzt e Wermsche uff'm Termsche mit'm Schermsche unner'm Ärmsche, kommt e Stermsche.«

Später erinnerte ich mich an den Jesusspruch, indem es heißt: Lasset die Kinder zu mir kommen, denn so wie diese ist das Königreich Gottes. Aber wenn Maxi das gemeint hätte, hätte er das doch gesagt.

Als ich das hessische Gedicht als Jesus in die Kamera sprach, fingen nacheinander der Mann an der Kamera, die Maskenfrau, die Kostümfrau und dann alle anderen im Raum an zu lachen. Nur der Produzent blieb reglos und still, ebenso wie Maxi Müller, der ihn fragend ansah.

Dann lachte auch der Produzent und meinte: »Irgendetwas hat er – ohne Zweifel!«

»Das sage ich doch! Er ist ein menschlicher Jesus – menschlicher geht es nicht! Lassen wir ihn hessisch babbeln – das macht ihn noch glaubwürdiger. Jesus hatte doch bestimmt irgendeinen Dialekt!«

»Aber machen wir Jesus damit nicht lächerlich?«

»Im Gegenteil! Er wird dadurch sympathischer!«

Maxi Müller und der Produzent diskutierten noch eine ganze Weile und vertagten schließlich die Entscheidung.

Es dauerte drei Monate, bis ich wieder etwas von Maxi Müller hörte. Aber diesmal konnte er mir eindeutig zusagen: Ich hatte die Rolle!

Meine Freude war riesig, vor allem weil die Dreharbeiten in Italien stattfinden sollten. Durch meine Werbespots konnte ich ja schon fast fließend Italienisch.

Leider durfte Nena doch nicht die heilige Jungfrau Maria spielen, weil der Produzent jetzt nur noch Leute mit Dialekt ausgesucht hatte. Nena sprach ihm zu Hochdeutsch.

»Durch die Dialekte wird der Film ganz revolutionär«, sagte Maxi.

Maria wurde von einer Italienerin gespielt, die man nachträglich hessisch synchronisieren ließ. Pontius Pilatus war ein Bayer, der so ähnlich aussah wie Franz Josef Strauß. Zuerst wollte Maxi Franz Beckenbauer mit der

Rolle besetzen, aber angeblich konnte der sich seinen Satz nicht merken. In der Bibel geht's ja auch nicht um Fußball.

Als Jesus hatte ich natürlich besonders viel Text, aber das Auswendiglernen machte mir keine Mühe. Oft gab es aber noch direkt vor dem Dreh Streit zwischen Regisseur und Produzent. Dabei ging es meist darum, wie stark der hessische Einschlag sein sollte. Maxi Müller wollte zum Beispiel, dass ich an einer Stelle nicht mehr den ursprünglichen Text spreche »Ich bin das Brot der Welt«, sondern: »Isch bin euer Handkäs.«

Das ging dem Produzenten aber zu weit. So gab es viel Streit am Set, und ich als Jesus musste immer schlichten.

Als wir die Kreuzigung drehten, setze sich Maxi durch. Anstelle von »Vater, warum hast du mich verlassen?«, rief ich: »Ei, Babba, wo bisde dann? Du kannst misch doch hier nett einfach so hänge lasse!«

»Diese kindliche Verzweiflung geht unter die Haut! Den Zuschauern im Kino werden die Tränen in die Augen steigen!« Maxi Müller liebte diese Szene.

Leider kam es nicht mehr dazu. Der Film lief überhaupt nie im Kino. Es gab nur ein paar Testvorstellungen für die Leute von den Zeitungen. Und die schrieben dann: größter Skandalfilm des Jahrzehnts.

Dabei war ich nicht mal nackt zu sehen. Sogar am Kreuz trug ich unter dem Tuch um die Hüften noch meine hellgrüne Unterhose. Was war denn bloß so skandalös an dem Film? Maria zeigte nie ihre Brüste wie Brooke Shields in *Die blaue Lagune*. Und Liebeszenen gab es auch keine.

Weil der Film so viel Staub aufwirbelte, wurde ich wieder in eine Talkshow eingeladen. Weitere Gäste waren ein katholischer Bischof mit sehr vielen Ringen an den Fingern, ein Politiker namens Oberfuchshuber oder so aus Bayern und noch ein Zeitungskritiker. Am meisten regte sich der Politiker auf: »Diesen Film muss man unbedingt verbieten!«

Dabei war Jesus doch gerade in Bayern so unheimlich beliebt, noch beliebter als Franz Josef Strauß. Nirgends sieht man so viele Jesusse am Kreuz hängen wie in Bayern.

Auch der Bischof sagte: »Der Film ist skandalös! Es ist eine Schande, wie Jesus in diesem Film spricht!«

Ich musste widersprechen: »Ich habe doch kein einziges schmutziges Wort in dem Film gesagt. Kein Säuarschgesicht. Oder Scheißhaufemickefresser. Oder Dreckflohlappenzippel. Ich habe nicht einmal geflucht, dabei hätte es vom Thema her so gut gepasst: Himmelheiligekreuzgewittergranateelementsticklussdonnerkeilsackzement noch ema!«

Da zuckte der Bischof zusammen. Als Katholik war er wohl sehr anfällig für Flüche.

»Also, was hab ich denn Schlimmes in dem Film gesagt?«, fragte ich.

»Sie haben mit Ihrem unsäglichen Dialekt die Botschaft Jesu verfälscht und ihn lächerlich gemacht!«

Der Politiker nickte zustimmend.

»Sie sind ja nur neidisch, weil der Jesus in diesem Film kein bayerisch spricht!« Der Bischof war ja wohl sehr kindisch. Ein erwachsener Mann, noch viel erwachsener als ich.

Der Zeitungskritiker aber lobte den »subtilen und subversiven Humor«.

»Aber, da müssen Sie sich irren, ich habe doch keinen einzigen Witz in dem ganzen Film erzählt.« Ich sah ihn ratlos an.

Aber er nahm mich überhaupt nicht ernst. »Schon wieder so eine verdeckte, messerscharfe Pointe, mit der er die Zuschauer verwirrt und provoziert.«

Über Gott und die Welt sprach ich noch in vielen weiteren Sendungen, in denen der Jesusfilm, den man nicht sehen konnte, vorgestellt wurde. Danach bekam ich lauter Angebote für Filmrollen – die meisten davon waren Komödien.

Was fanden die Leute denn so komisch? Meinen Dialekt? Meinen langen Hals? Die Omma hat doch immer verboten, über andere Leute zu lachen.

Egal, mir machte es nichts aus, wenn die Leute lachten, im Gegenteil: Es ist ja etwas Schönes. Deshalb spielte ich dann auch schon ein paar Monate später die Hauptrolle in *Tarzan – Herr des Dschungels*. Diese Komödie mit vielen absichtlichen Witzen wurde aus Kostengründen im Schwarzwald gedreht. Dieses Mal hatte die katholische Kirche auch nichts dagegen, der Film konnte in den Kinos laufen und wurde sogar ein großer Erfolg.

Lektion Nr. 27:
Religion ist, wenn man trotzdem lacht

No Maddin no Party

Nach dem Riesenerfolg des Tarzan-Films beschloss der Produzent sofort, einen zweiten Teil zu drehen: *Tarzan – Retter des Universums*.

Danach bekam ich eine Flut von Einladungen zu Filmbällen, Pressebällen, Sportlerbällen und anderen Bällen, von denen ich noch nie etwas gehört hatte. In Burgholzhausen gibt es ja nur an Fastnacht den Rosenmontagsball in der Turnhalle. Aber auf den Bällen, zu denen ich jetzt eingeladen war, feierten all die Leute aus dem Fernsehen: Politiker, Schauspieler, Sportler und Journalisten.

Die Männer kamen meistens im Smoking mit Fliege oder im schicken Anzug an. Ich fühlte mich darin aber nicht so wohl, alles zu eng und der Druck am Kragen, durch meinen langen Hals kam dann gar kein Blut mehr im Gehirn an. Deshalb war ich immer der Einzige auf diesen Bällen, der in einer hellbraunen Cordhose und einem dunkelgrünen Flanellhemd erschien.

In München wurde ich einmal fast nicht auf den großen Filmball gelassen, weil den Herren am Einlass mein Holzfällerhemd nicht gefiel: »Hier ist Frackzwang!«, schnauzte mich am Eingang ein muskulöser Mann im schwarzen Anzug an. Das erinnerte mich doch sehr an die Bundeswehr.

»Wrackzwang? Muss ich denn ein Auto kaputtfahren, wenn ich hier rein will?«

»Sie brauchen einen Frack, zum Anziehen!«

»Aber ich bin doch der Tarzan aus dem Film, und ein Tarzan braucht doch keinen Zwangsfrack!«

»Wenn Sie Tarzan sind, bin ich die Jungfrau Maria.«

Also zog ich mich aus und zeigte dem Kerl meine grüne Unterhose, die ich seit Jahren schon zu besonderen Anlässen trug und die auch in den Tarzan-Filmen unter dem Lendenschurz zu sehen war.

»Na, erkennen Sie mich jetzt?«

Der Wächter schaute verdutzt aus der Wäsche, und ich witschte an ihm vorbei.

Dann stellte ich mich in meiner grünen Unterhose in der Schlange für das Abendbuffet an. Die Fotografen machten ohne Ende Fotos von mir – und am nächsten Tag lautete die Schlagzeile in den Münchner Tageszeitungen: Skandaltarzan nackt am Buffet!

Auf den Filmbällen sah man die allerschönsten Frauen in hauchdünnen Kleidern. Jedes Mal war ich ganz berauscht von so viel weiblicher Grazie und Anmut. Noch nicht einmal auf den Rosenmontagsbällen in Burgholzhausen habe ich so viele verführerische Frauen gesehen!

In dieser Zeit wurde mein Hals noch einmal mindestens drei Zentimeter länger. Denn jeder schönen Frau musste ich einfach nachschauen.

Pro Abend verliebte ich mich in ungefähr zehn Frauen. Keine tiefen Gefühle wie bei Carola, aber dafür herrlich unbeschwert und glücklich im Genuss schwelgend.

Tanzen, trinken, knutschen: Auf diesen Bällen holte ich alles nach, was ich auf den Klassenpartys und Feten während der letzten Schuljahre versäumt hatte. Als Langsamtrinker war ich eindeutig im Vorteil, wenn alle anderen Männer schon nicht mehr stehen konnten, fegte ich mit den Damen am Arm über das Parkett. Der eigentliche Schlüssel zum Paradies aber war – ich selbst! Tatsächlich fielen die Frauen praktisch über mich her, wenn sie mich nur sahen. Dabei hatte sich doch seit meiner Schulzeit gar nicht viel verändert – gut, ich wohnte jetzt alleine, aber sonst? Vielleicht waren es die drei Lendenschurzfilme, die mich bei Frauen so interessant gemacht hatten, einmal als Jesus und zweimal als Tarzan. Frauen sind ja auch nur Menschen.

Auf jeden Fall genoss ich die schönsten Freuden und Früchte dieser Welt. Auf Partys und in Hotels in Hamburg, Berlin und München. An manchen Abenden wanderte ich wie ein Staffelholz von einer Dame zur anderen und konnte mir kaum die Namen und Telefonnummern merken.

Meist wollten sie von mir das Wort »Cappuccinooo« ins Ohr gehaucht bekommen. Wenn mich eine küsste oder mir um den Hals fiel, war zufällig ein Fotograf zur Stelle und fotografierte uns. Und wenn andere Frauen das sahen, sprangen sie oft dazu und wollten mit aufs Foto. Bei Interviews sprang auch oft eine Frau dazu und sagte, dass wir uns verlobt hätten. Das stimmte natürlich nie. Aber ich hatte Spaß an diesen erfundenen Geschichten. Einmal erzählte ich einem Reporter, dass ich demnächst Prinzessin Stéphanie von Monaco heiraten werde

und dass sie von mir Zwillinge erwarte. Die Reaktion darauf hatte ich allerdings etwas unterschätzt. Tagelang stand in allen Zeitungen: Maddin und Stéphanie von Monaco – das neue Traumpaar. Ich bekam sogar einen Anruf von den Grimaldis, die mit einer Klage wegen Verleumdung drohten. Anscheinend versteht der Hochadel einfach keinen Spaß.

In ganz Burgholzhausen war man stolz auf mich, so weit hatte es noch niemand bei uns gebracht! Meinen Eltern war sofort klar, dass ich einen Scherz gemacht hatte. Aber sie bekamen in dieser Zeit viele Anrufe besorgter und neugieriger Leute. Die meisten wollten wissen, ob ich in Monte Carlo oder in Burgholzhausen heiraten werde. Pfarrer Siebert ließ nachfragen, ob er uns in der katholischen Kirche trauen solle. Und der Metzgermeister Karlheinz Bingel wollte zu unserer Hochzeit einhundert Rippchen mit Sauerkraut umsonst liefern.

Lektion Nr. 28:
Erfolg ist
heiße Luft mit
Sauerkraut!

Ein Topf und siebenundzwanzig Deckel

Was Frauen anging, verhielt ich mich ganz nach dem Wahlspruch meines alten Fahrlehrers Hannes Hillebrandt: »Wenn's Grießbrei regnet, soll man den Löffel raushalten!«

Aber was macht man, wenn es so viel Grießbrei regnet, dass man den Löffel nicht mehr halten kann?

Irgendwann kam ich mit meinen vielen Frauenbekanntschaften nicht mehr hinterher. Außer den vielen Fotofreundinnen gab es auch einige, die sich erneut mit mir treffen wollten, ja manche sogar gleich mehrfach. Und davon wiederum fragten schließlich einige: »Liebst du mich?«

In diesen Momenten sagte ich natürlich auch immer: »Ja!« Ich kann doch so schlecht einer schönen Frau widersprechen oder etwas abschlagen. Also hatte ich in kürzester Zeit so einigen Frauen die Treue geschworen.

Über die Anzahl meiner Treueschwüre verlor ich schnell den Überblick. Nur leider muss man so etwas länger als einen Tag lang halten. Zumindest sehen das die meisten Frauen so und werden wütend, wenn es nicht der Fall ist. Da kann man als Mann schon mal ganz schön in die Bredouille kommen. Dabei wollte ich doch eigentlich nur nett zu ihnen sein.

Jeder Bekanntschaft gab ich bedenkenlos meine Telefonnummer und Adresse. Natürlich dachte ich nicht, dass mich die Damen aus Berlin, Hamburg oder Köln in Burgholzhausen besuchen würden. Ich hatte ja keine eingeladen.

Und vielleicht war es auch ein wenig leichtsinnig, den Frauen meinen Geburtstag zu verraten, und zwar auf den Tag genau.

So kam es nämlich, dass ich eines Morgens – es war an einem 25. Mai – um sechs Uhr dreißig von lautem Klingeln geweckt wurde. Vor der Tür stand mit einer Flasche Sekt in der Hand Cornelia, die mit dem Nachtzug gekommen war. Sie wollte mit mir Geburtstag feiern. Es war zwar arg früh, aber ich freute mich sehr über den unverhofften Besuch – wer möchte denn nicht an seinem Geburtstag von einer wunderschönen Frau in den Tag geküsst werden?

Doch schon eine Stunde später stand bereits Kitty mit einem Riesenblumenstrauß vor der Tür. Cornelia schaute mich sehr böse an.

»Ich hab halt Geburtstag heute«, sagte ich. Doch damit war keine der beiden Frauen zufrieden. Kurze Zeit später kamen dann Sabine, Romy und Sandra vorbei, die Arme voller Sekt und Geschenke. Die Stimmung verschlechterte sich mit jedem Klingeln, obwohl doch normalerweise die Partystimmung mit der Anzahl der Gäste steigt.

Schließlich platzte meine Küche aus allen Nähten. Insgesamt siebenundzwanzig Frauen hockten gegen Mittag in dem kleinen Raum – genauso viele, wie ich an Lebensjahren vollendet hatte. Das war aber wohl eher ein Zufall als eine abgesprochene Geburtstagsüberraschung.

Mittlerweile hatten sie sich miteinander gegen mich verbündet. Sie beschimpften mich abwechselnd, tranken den mitgebrachten Sekt und aßen alles auf, was sie in meinem Kühlschrank fanden. Sogar das Pflaumenkompott meiner Oma.

Hatte ich etwas falsch gemacht? Oder nicht richtig? Hatte ich es mit meinen Frauenbekanntschaften vielleicht etwas übertrieben? Warum waren nur alle so wütend auf mich?

Als der Sekt ausgetrunken war, zog die schimpfende Horde weiter in den Lahmen Hirsch, meine Lieblingskneipe in Burgholzhausen. So war ich gegen Abend wieder alleine und dachte an Carola. Schade, dass aus uns nichts geworden war.

Jedenfalls konnte es so nicht weitergehen. Zum Glück waren die Frauen am Ende viel zu betrunken, um mir gefährlich zu werden. Wenn sie ihre Bewegungen noch unter Kontrolle gehabt hätten, hätten sie mich bestimmt aufgeknüpft.

Nein, siebenundzwanzig Frauen waren einfach zu viel für mich. Auch zwanzig, selbst zwölf, ja, sogar zwei Frauen gleichzeitig glücklich zu machen, schien mir ein aussichtsloses Unterfangen. Anders als bei Carola konnte ich keiner vor allen anderen den Vorzug geben. Also gab es nur eine Möglichkeit: Ich musste mich ganz von den Frauen zurückziehen.

Lektion Nr. 29:
Auch mit langem Hals wachsen einem die Frauen über den Kopf!

Ein hohler Bambus und viele Affen

Von heute auf morgen beendete ich mein Leben als Partygiraffe und alle meine Verhältnisse. Kaum aber hatte ich mich von den Frauen abgewandt, vermisste ich sie auch schon wieder. Nun konnte ich nachts nicht schlafen, weil mir die Küsse und Liebkosungen fehlten. Meine Gedanken kreisten ständig nur noch um sie.

Gibt es noch ein anderes Säugetier, das so verrückt ist wie der Mensch?

Wie konnte ich denn nur meine innere Ruhe wiederfinden? Ich war doch früher auch immer zufrieden gewesen mit einem Stück Schwarzwälder Kirsch.

Peter Schaller, der immer alle Bereiche des Lebens durch eine wissenschaftliche Brille betrachtet, wusste Rat: In meiner Situation sei *Meditation* der Ausweg.

»Sämtliche Probleme entstehen in deinem Kopf. Deshalb musst du so lange meditieren, bis dein Kopf so leer wird wie ein hohler Bambus.«

»Und damit verschwinden dann auch die Frauen aus meinem Kopf?«

»Klar! Schau dir Buddha an: Der hat es genauso gemacht und hatte nie Probleme mit Frauen!«

Leer werden wie ein hohler Bambus! Ab sofort mein Ziel.

Peter gab mir die Adresse eines buddhistischen Lehrers im Westerwald. Meister Jochen hatte viele Jahre in einem japanischen Kloster verbracht. Berühmte Schauspieler und Politiker nahmen bei ihm Meditationsunterricht. Dafür konnte man in seinem alten Bauernhof für ein paar Wochen ein Gästezimmer mieten.

Nach Monaten bekam ich endlich einen Termin bei dem gefragten Meditationsmeister.

Meister Jochen faltete die Hände über dem mächtigen Bauch und sah mich milde lächelnd an: »Nun, Maddin, weshalb bist du zu mir gekommen?«

»Ich möchte nicht mehr so viel an Frauen denken. Vor allem nicht mehr mit meinem Kopf. Ich will, dass mein Kopf so leer wird wie ein hohler Bambus.«

»Kein Problem. Das Einzige, was du machen musst: Denk nicht an Affen.«

Nanu? Ich denke doch nie an Affen! Bisher spielten Affen eine eher untergeordnete Rolle in meinem Leben. In Hessen gibt es traditionell mehr Kühe und Schweine als Affen. Und sogar Schweine sieht man immer seltener bei uns.

Wieso gibt mir dieser hochgelobte buddhistische Meister einen so seltsamen Ratschlag?

Meister Jochen schickte mich mit einer Handbewegung auf mein Zimmer. Er wollte mich erst in fünf Tagen wieder sprechen.

In fünf Tagen!

Kein Wort zu den Frauen? Kein Meditationsunterricht? Was sollte ich dann hier im Westerwald? Den ganzen Tag meine Zimmerdecke anstarren?

Nach einem Spaziergang ging ich zeitig zu Bett. Und bei meiner dunkelgrünen Latzhose: In dieser Nacht träumte ich zum ersten Mal in meinem Leben – von Affen! Nie hatte ich von Affen geträumt, von keinem einzigen noch so kleinen Äffchen! Noch nicht einmal von Halbaffen! Die Affen bei der Bundeswehr zählten ja wohl nicht.

Als ich am Morgen aufwachte, erinnerte ich mich noch ganz genau an die Affen. Ihr Kreischen hallte in meinen Ohren.

War das ein Zufall? Oder doch Hexerei?

Ich ging ins Badezimmer. Vor dem Waschbecken stockte mir der Atem: Aus dem Badezimmerspiegel gaffte mich eine ganze Horde hellbrauner, zähnefletschender Affen an!

Vor Schreck verschluckte ich mich an der Zahnpasta und flüchtete panisch in den Frühstücksraum. Dort war alles normal. An den Tischchen saßen Männer und Frauen. Keine Affen.

Aber ich war noch gar nicht angezogen und stand nur in grün-weiß-gestreifter Unterhose vor den anderen Gästen.

Für ein paar Stunden am Vormittag hatte ich Ruhe vor den Affen. Doch als ich mittags durch den Wald spazierte, lauerten sie mir hinter den Bäumen auf. Zurück in meinem Zimmer schaltete ich den Fernsehapparat an: Auf allen Kanälen liefen Dokumentationen über Schimpansen, Paviane oder Gorillas!

Am nächsten Tag wurde es noch schlimmer. Aus allen Ecken meines Zimmers und allen Winkeln des Hauses

gafften sie mich an! Sogar die Putzfrau, die vormittags mein Zimmer sauber machte, war ein ausgewachsenes Gorillaweibchen!

Einen Tag später begannen die Affen schon, mich anzufassen. Sie zupften an mir, kitzelten mich. Sie ärgerten und foppten mich. Und sie aßen meine Trauben-Nuss-Schokolade! War das eine späte Rache von Peter Schaller?

Mittlerweile war ich völlig fertig und furchtbar wütend auf den Meister. Das alles hatte er mir ja wohl eingebrockt. Was bildete der sich nur ein?

Dann saß ich ihm endlich wieder gegenüber: »Mein lieber Meister! So geht das nicht weiter! Wo ich auch hingucke, sehe ich Affen. Lauter Affen! Affen, Affen, Affen! Nichts als Affen! Das geht doch nicht! Da wird man doch vollkommen bekloppt in der Birne! Meschugge!«

Meine Stimme überschlug sich, während Meister Jochen mir seelenruhig in die Augen schaute.

»Bitte!«, flehte ich ihn an. »Sag mir, wie diese verdammten Affen endlich aus meinem Kopf verschwinden!«

Immer noch keine Antwort des Meisters.

»Hilf mir doch! Ich pfeif auf alles, ich will auch überhaupt kein hohler Bambus mehr werden, noch nicht mal ein hohler Bonsai – aber sag mir bitte: Wie krieg ich endlich die verfluchten Affen aus meinem Hirn?«

Meister Jochen gab mir gelassen zur Antwort: »Setz dich auf einen Kaktus.«

Aha, endlich mal eine vernünftige Idee!

In einer nahegelegenen Gärtnerei besorgte ich einen großen Echinocactus grusonii, auch genannt Schwiegermuttersitz. In meinem Zimmer schob ich ihn anstelle des Stuhles an den Tisch. In dem kleinen Zimmer wimmelte es von kleinen Äffchen, die mich neugierig anstarrten. Langsam setzte ich mich auf die spitzen Stacheln. Auah! Mein Innerstes stand in Flammen, mir tränten die Augen vor Schmerz!

Aber die Affen waren weg.

Lektion Nr. 30:
Brennt dein Arsch,
beruhigt sich dein Kopf!

Die Rettung des Bürgermeisters

Noch lange grübelte ich über die seltsamen Erlebnisse bei dem merkwürdigen Meister. Was hatte das zu bedeuten? Dass man nicht mit Gewalt gegen seine Natur ankämpfen soll? Oder, wie mein Fahrlehrer Hannes Hildebrandt es einmal ausdrückte: »Man kann sich drehen solange man will, der Arsch bleibt immer hinten!«

Am letzten Tag im Westerwald ließ ich mir auf einer langen Wanderung noch einmal alles durch den Kopf gehen. Dabei überquerte ich auf einer Brücke die A45. Dort sah ich einen Mann, der mit dem Rücken zu mir stand. Das Brückengeländer war hinter ihm, vor ihm lag die Autobahn in der Tiefe. Seine Füße ragten über den Absatz der Brücke hinaus, und sein Blick war auf die unter ihn rasenden Autos gerichtet. An seiner Stelle wäre mir mit Sicherheit ganz schwummerig geworden. Aber auch für Leute ohne Höhenangst fand ich es ein bisschen gefährlich.

»Hallo«, rief ich ihm zu, » haben Sie keine Angst, da zu stehen?«

Der Mann rührte sich nicht. Ich trat ein paar Schritte näher und sagte noch mal: »Kommen Sie doch wieder hinter das Geländer, von hier aus haben Sie auch noch einen guten Ausblick!«

»Lassen Sie mich in Ruhe! Es hat sowieso keinen Sinn mehr!«

»Was meinen Sie denn damit?«

»Na, das Leben.«

»Sie finden das Leben sinnlos?«

Der Mann drehte sich immer noch nicht zu mir um. Wie unhöflich, man soll seinem Gegenüber doch in die Augen schauen, wenn man mit ihm spricht. Nach ein paar Sekunden des Schweigens sagte er: »Ja. Das Leben ist so furchtbar sinnlos, dass ich jetzt hier runterspringen werde!«

»Sie wollen da runterspringen, weil das Leben sinnlos ist?«

»Das ist der Plan!«

»Das ist aber ein Blödsinns-Plan, welchen Sinn soll denn das Leben vom Runterspringen bekommen?«

Der Mann drehte kurz seinen Kopf zu mir, schaute aber schnell wieder weg.

»Außerdem könnten Sie jemanden erschrecken, wenn Sie da plötzlich auf der Straße aufkommen!«

Mit einer längeren Pause wollte ich meinen Worten Nachdruck verleihen.

»Und Sie könnten sich ganz schön wehtun! Wenn Sie Pech haben, wären Sie sogar tot!«

»Das ist ja genau mein Ziel.«

So langsam wurde mir klar, was der Mann vorhatte. Schließlich war ich ja nicht von Dummbach! Sollte ich vielleicht versuchen, ihn von seinem Vorhaben abzubringen? Normalerweise mische ich mich nur ungerne in das Leben anderer Leute ein, vor allem, wenn ich nicht mit ihnen verwandt bin. Aber in diesem Falle könnte ich ja mal eine Ausnahme machen.

»Wieso sind Sie sich denn so sicher, dass das Leben sinnlos ist?«

»Gehen Sie weg!«

»Ich erzähl Ihnen mal was: Ich war immer ganz sicher, dass es keine grüne Marmelade gibt. Und vor ein paar Wochen habe ich ein Glas Kiwi-Marmelade geschenkt bekommen. Raten Sie einmal, welche Farbe die hat.«

»Schwarz.«

»Nein – grün!«

Der Mann stand immer noch regungslos da.

»Ist das nicht irre?«

Keine Reaktion.

»Es gibt doch so viele schöne Sachen, für die es sich lohnt, zu leben: der Gesang der Mönchsgrasmücke, der Duft eines frischgepflückten Kloppenheimer Rosenapfels – oder eine Tasse Cappuccino.«

Da drehte sich der Mann zu mir um.

»Sagen Sie das noch mal!«

»Was?«

»Cappuccino.«

Normalerweise sage ich dieses Wort nur Frauen ins Ohr, wenn sie mich darum bitten. Aber ich wollte mal nicht so streng sein. Ich sagte es noch einmal genauso, wie ich es in dem Werbespot gemacht hatte: »Cabbutschinooo!«

»Wahnsinn!« Die Miene des Mannes hellte sich auf.

»Kann ich es noch einmal hören?«

Ich sagte es noch einmal.

»Wissen Sie, dass ich gerade zum ersten Mal seit zehn Jahren an Sex gedacht habe?«

Das wollte ich nicht unbedingt erreichen, aber ich freute mich, dass er etwas auftaute.

»Meine Frau findet Sie übrigens total klasse. Was für ein Zufall!«

Er dachte kurz nach. »Sagen Sie mal, ich mach das normalerweise nicht, aber – könnten Sie mir vielleicht ein Autogramm für meine Frau geben?«

Der Mann kletterte über das Geländer und kam zu mir. Leider hatte ich nichts zum Schreiben dabei. Also bot ich ihm an, mich bis zum nächsten Dorf zu begleiten. Dort wollte ich dann Blatt und Stift organisieren. Er willigte ein und ging mit mir.

»Mein Name ist Eugen Winkler. Nett von Ihnen, dass Sie mir das Leben gerettet haben.«

Er erzählte mir in wenigen Sätzen seine Lebensgeschichte. Winkler war Bürgermeister einer hessischen Kleinstadt. Sein Vater war Landrat, und auch sein Großvater war Politiker gewesen.

Im nächstgelegenen Dorf kehrten wir in ein Ausflugslokal ein. Einige Gäste des Lokals kannten Herrn Winkler aus der Regionalpresse. Gemeinsam zogen wir alle Blicke auf uns.

Bei der Menüauswahl konnte sich Eugen Winkler nur schwer entscheiden: »Eigentlich würde ich ja gerne die Flugente nehmen, mein Leibgericht.«

»Dann nehmen Sie sie doch!«

»Wissen Sie, in der Öffentlichkeit bestelle ich so was nicht. Wegen der Leute.«

»Warum wollen die Leute denn nicht, dass Sie Flugente essen?«

»Na ja, es gibt immer mehr Vegetarier, und die wollen nicht, dass man Tiere umbringt.«

»Aber die Ente ist doch schon tot! Die wartet nur darauf, mit einer krossen Kruste gebraten und mit Liebe verzehrt zu werden.«

»Und wenn mich meine Wähler deswegen zur Rede stellen?«

»Dann sagen Sie einfach: Das Tier wollte sterben, es hatte Spielschulden!«

Er lachte auf und schaute sich verstohlen im Lokal um.

Spontan ergriff ich das Wort: »Meine Damen und Herren, ich bitte um Ihre Aufmerksamkeit. Herr Winkler hier möchte gerne eine Flugente bestellen. Hat jemand etwas dagegen? Dann bitte jetzt mal die Hand heben!«

Die Leute guckten irritiert.

»Wer von Ihnen ist dafür, dass Herr Winkler sich eine Flugente bestellt?«

Die meisten hoben zögerlich ihren rechten Arm.

»Prima! Damit ist der Antrag auf eine Flugente mehrheitlich angenommen!«

Und zu Winkler: »Jetzt können Sie sich die Flugente bestellen. Es hat niemand etwas dagegen.«

Da bestellte er sich tatsächlich die Flugente, war sich dann aber mit dem Rotwein nicht sicher. Also ließ ich erneut abstimmen: »Wer ist dafür, dass sich Herr Winkler ein Glas Rotwein bestellt?«

Fast alle stimmten mit Ja. Obwohl Eugen die Abstimmung peinlich war, hielt er sich penibel an das Ergebnis.

Dann fragte ich in den Raum: »Wer ist dafür, dass Herr Winkler ein Tiramisu bestellt?«

Alle stimmten mit Ja.

»Aber ich wollte doch gar kein Tiramisu«, sagte Eugen.

»Egal, die Leute wollen aber, dass Sie eins bestellen!«

Herr Winkler beugte sich schelmisch grinsend zu mir herüber. »Wissen Sie was? Die Leute können mich mal!«

Lektion Nr. 31:
Man soll sich nicht zu überstürzt von der Brücke stürzen!

Back to the Boskoops

Kurze Zeit später starben innerhalb von nur zwei Tagen meine beiden Großeltern burgholzhäuserischerseits. Ich bin mir sicher, dass mein Opa – ein sehr praktischer Mensch – der Oma absichtlich so schnell hinterhergestorben ist. Noch auf seinem Sterbebett meinte er zufrieden: »Nun könnt ihr die Oma und mich in einem Aufwasch beerdigen.«

In seiner letzten Stunde habe ich meinem Opa versprochen, mich um seine Obstwiese zu kümmern. Die vielen, prächtigen Bäume waren sein ganzer Stolz. Und zu Onkel Willi, Tante Klara und all den anderen schönen Obstbäumen hatte ich ja seit meiner Kindheit eine ganz besondere Beziehung.

Genau in dieser Zeit rief wieder einmal der Herr Seifert an. Er war ganz aufgeregt: Meine alte Bekannte Kristina hatte sich an ihn gewandt. Sie schuldete mir ja immer noch 500 Mark aus dem Fischrestaurant. Aber deswegen hatte sie nicht angerufen. Inzwischen hatte Kristina die feste Zusage von einem amerikanischen Produzenten bekommen, der ihr Drehbuch verfilmen wollte.

Seifert war ganz euphorisch: »Du sollst die Hauptrolle spielen!«

»Das geht aber nicht. Tante Klara hat Krebs.«

»Aber du wirst doch keine Hollywoodproduktion sausen lassen wegen deiner Tante?«

»Tante Klara ist nicht meine Tante. Tante Klara ist eine alte Goldparmäne!«

Herr Seifert verstand nicht, warum mir ein alter, kranker Apfelbaum wichtiger war als ein Kinofilm. Wahrscheinlich war er nie wirklich eng mit einem Baum befreundet gewesen. Die meisten Leute haben ja nur sehr oberflächliche Beziehungen zu Bäumen.

Aber ich sagte das Angebot für den Film ab. Ich habe ihn auch später nicht angeschaut, als er als *Flucht in die Karibik* oder so ähnlich in die Kinos kam.

Durch meine Pflege wurde Tante Klara wieder ganz gesund.

Um mich in der Obstbaumpflege fortzubilden, besuchte ich den zweiwöchigen Lehrgang »Erziehungs- und Erhaltungsschnitt bei Kernobst« in Michelstadt im Odenwald.

Nach Unterrichtsende aß ich in einem altehrwürdigen Café ein Stück Schwarzwälder Kirschtorte.

Da sonst nichts mehr frei war, setzte ich mich zu zwei Frauen um die fünfzig an den Tisch. Natürlich nicht, ohne höflich nachzufragen. Am Nebentisch saß ein junger Mann, etwa Anfang zwanzig, der mich nicht aus den Augen ließ. Schließlich beugte er sich zu mir herüber und fragte schüchtern mit sächsischem Akzent: »Sind Sie denn nicht der Maddin? Der Mann mit dem Gabbutschino?«

Er rückte seinen Stuhl etwas in meine Richtung. Wie sich herausstellte, hatte er mich schon auf der Straße gesehen und war mir unauffällig in das Café gefolgt.

»Mein Name ist Sascha, darf ich Sie etwas fragen?«

»Ja, gerne!«

»Sie sind doch berühmt, warum gehen Sie hier einfach in ein ganz normales Café?«

»Wieso, ich bin doch auch ganz normal. Und außerdem ist die Schwarzwälder hier berühmt!«

Der Junge schaute mich ganz irritiert an.

»Quatsch – Sie sind nicht normal, Sie sind berühmt.«

»Aber ich fühle mich gar nicht berühmt. Nur die anderen denken, dass ich berühmt bin.«

Sascha war da keine Ausnahme. Er hielt mich für den berühmtesten Hessen der Gegenwart.

»Und wie hat das alles angefangen?«

»Das kam eigentlich von ganz alleine.«

»Von ganz alleine?«

Sascha schaute mich wieder ungläubig an.

»Es muss aber doch irgendwie angefangen haben? Wie sind Sie denn entdeckt worden?«

Also erzählte ich ihm von meiner Zeit als Tagestipp-Moderator im Supermarkt und von den Werbespot-Aufnahmen fürs Radio.

»Sie haben wirklich in einem Supermarkt angefangen? Geben Sie mir doch bitte mal die Anschrift.«

Natürlich sagte ich ihm die Adresse.

»Und dann? Was kam dann?«

»Von dem Honorar für den ersten Werbespot wollte ich mir eine Badewanne kaufen. Ich ging in ein großes Möbelhaus und suchte mir in der Sanitärabteilung eine schöne, große Wanne aus. Dann zog ich mich aus und legte mich probehalber in die Badewanne hinein.«

Mittlerweile lauschten die beiden Frauen, die mit am Tisch saßen, neugierig unserem Gespräch.

»Sie haben sich mitten während der Geschäftszeit nackt ausgezogen und in die Wanne gelegt?«, fragte Sascha mit großen Augen.

»Ja natürlich, eine Hose probiere ich ja auch vorher an. Aber der Verkäufer war damit nicht einverstanden und rief die Polizei. Dabei merkt man doch frühestens nach einer halben Stunde, ob die Wanne auf Dauer auch wirklich bequem ist und, wie lange das Wasser darin warm bleibt.«

Die Frauen nickten zustimmend. Auch an zwei anderen Tischen in der Nachbarschaft verfolgte man inzwischen unser Gespräch.

»Verstehe«, meinte Sascha, »das war eine PR-Aktion! Damit wollten Sie in die Presse!«

»Nein, ich wollte nur die Wanne testen! Aber am nächsten Tag stand es tatsächlich in mehreren Zeitungen.«

»Großartig!«

»Wieso großartig? Mein Telefon stand nicht mehr still. Die Fernsehsender riefen an und wollten mich für ihre Talkshows haben. Ich musste ihnen nur versprechen, mich nicht während der Sendung auszuziehen. Aber solange keine Badewanne in der Nähe ist, ziehe ich mich normalerweise auch nicht aus. Nur wenn ich eine Badewanne sehe oder etwas, dass so ähnlich aussieht, springe ich hinein. So erging es mir auch, als ich in dem Fischrestaurant vor den Hummern ins Becken geflüchtet bin.«

Inzwischen war es ganz still in dem Café. In regelmäßigen Wellen schwappte wogendes Gelächter durch den

Raum. Die dünne Konditorin stand mit verschränkten Armen neben dem Tresen und hörte mir andächtig zu.

Als ich dann nach anderthalb Stunden das Café verlassen wollte, sagte Sascha: »Wissen Sie, mein größtes Ziel es, berühmter Fernsehstar zu werden. Vielleicht bin ich heute meinem Ziel etwas nähergekommen.«

Einige Zeit später traf ich ihn zufällig beim Einkaufen in dem Lebensmittelmarkt, in dem ich früher die Tagestipps gesprochen hatte.

Er trug einen weißen Kittel.

»Sie lassen mich noch nicht ans Mikrofon«, sagte er traurig. »Aber ich trainiere jeden Tag mein Hessisch und hoffe, dass ich es bald ganz nach oben schaffe!«

Irgendwie hatte er wohl was falsch verstanden …

Lektion Nr. 32:
Man passt nur in seine eigenen Fußstapfen!

Wie Heerscharen von Managern in Burgholzhausen einfallen

Während ich den Baumschnittlehrgang im Odenwald besuchte, ging ich jeden Nachmittag in das Café, um Schwarzwälder Kirschtorte zu essen. Als ich das zweite Mal hinkam, saßen auch einige Frauen vom Vortag dort. Eine der Damen, an deren Tisch ich mich tags zuvor gesetzt hatte, sprach mich an: »Erzählen Sie doch bitte noch mal die Geschichte mit der Badewanne!«

»Aber die kennen Sie doch schon?«

»Macht nichts!«

Und so musste ich wieder ein paar Geschichten aus meinem Leben erzählen. Und wieder hörte mir das ganze Café dabei zu.

So ging es jeden Tag. Nach einer Woche war das Café jedes Mal um 17 Uhr rappelvoll mit Leuten, die mir zuhören wollten.

Am letzten Tag kamen ein untersetzter Herr mit Halbglatze und quietschbunter Krawatte mit Pinguinmuster und seine Frau zu mir an den Tisch. Der Herr stellte sich als Dr. Sigismund Kloppinger vor: »Meine Frau Gerlinde wollte mich unbedingt heute mit in das Café nehmen. Sie hat mir von Ihren Geschichten erzählt. Ich hatte, ehrlich gesagt, nicht besonders viel Lust. Aber es hat sich allemal gelohnt! Sie haben mich mit Ihrem Life-Konzept überzeugt!«

»Das freut mich aber, welches Konzept meinen Sie denn?«

»Na, Ihre hessische Variante von Wei Wu Wei.«

Wei Wu Wei? War das etwas Ähnliches wie Äppelwei? Der Mann gebrauchte so viele neue Wörter, die konnte ich mir gar nicht alle merken. Also notierte ich sie mit einem Stift auf die Serviette. Später wollte ich die Wörter in mein Vokabelheft aus der WG-Zeit eintragen.

»Mein Mann drückt sich manchmal etwas umständlich aus – das hat mit seinem Beruf zu tun«, sagte seine um einige Jahre jüngere Gattin.

»Meine Tätigkeit als Manager und Führungskräftecoach färbt wohl etwas ab auf meine Ausdrucksweise. Aber noch einmal: Sie haben etwas erkannt, was sich die Menschen unbedingt zunutze machen sollten! Dazu möchte ich Sie noch einige Dinge fragen. Von wem haben Sie sich Ihre Strategie abgeguckt? Und ist sie auch in anderen wirtschaftlichen Systemen erfolgreich?«

Welche Strategie? Von was sprach der Mann denn nur? Dr. Kloppinger überschüttete mich mit Fragen, auf die ich keine Antwort hatte. Außerdem hatte ich schon genug geredet. »Tut mir leid, dazu kann ich Ihnen jetzt nichts sagen.«

»Was halten Sie davon, wenn wir uns mal für eine Runde Golf verabreden?«, fragte er mich.

»Eine schöne Idee! Das habe ich seit meiner Kindheit nicht mehr gemacht!« Ich erzählte Dr. Kloppinger von der schönen Minigolf-Anlage im Kurpark von Bad Nauheim. Er hatte jedoch nicht an Minigolf gedacht. Aber das große Golf kann ich nicht und einen Führerschein habe ich ja auch nicht.

So trafen wir uns dann zu Beginn der Minigolfsaison Anfang Mai. Zuvor hatte mich Dr. Kloppinger in Burgholzhausen mit einem knallroten Sportwagen abgeholt: »Ein nagelneuer Ferrari!«

Ich fand ihn viel zu laut und zum Sitzen für große Männer verdammt unbequem. Konnte Dr. Kloppinger sich denn kein besseres Auto leisten?

Während wir dann auf der Minigolfanlage von Loch zu Loch gingen, redete Kloppinger ununterbrochen auf mich ein. Dabei gebrauchte er wieder viele Fachbegriffe, deren Bedeutung mir vollkommen schleierhaft war. Außerdem musste ich ja schon die Schläge auf dem Zettel notieren, da konnte ich mir nicht auch noch die Wörter aufschreiben. Ich bat ihn schließlich, den Mund zu halten, damit wir uns ganz auf das Spiel konzentrieren konnten.

»Richtig«, sagte er, »wir müssen wieder zu einer ausgewogenen Work-Life-Balance finden.«

Es war unmöglich, Kloppinger für ein paar Minuten abzustellen. Er redete, als würde ihm ein Saal Studenten zuhören. Nach dem Spiel sagte er zu mir: »Ich habe noch so viele Fragen an Sie. Ihre Erfolgsstrategie ist so einfach wie genial. Aber ich möchte ganz genau wissen, welches Prinzip dahintersteckt.«

»Keine Ahnung.«

»Lassen Sie es mich herausfinden! Ich möchte wissen, wie Sie aus Ihrem Life-Flow einen Work-Flow machen.

Und ob Sie nach der KISS-Formel verfahren, also keep it sweet and simple, oder ob Sie unterschiedliche Techniken zur Effektivitätssteigerung benutzen.«

»Hm, keine Ahnung. Ich möchte jetzt ein Stück Kuchen essen. Vielleicht zur Abwechslung Bienenstich.«

Obwohl mir Dr. Kloppinger eine hohe Summe für ein weiteres Treffen bot, lehnte ich ab: Ich musste dringend meine Obstwiese für die Ernte vorbereiten.

»Aber Sie können mir im Sommer bei der Kirschenernte helfen, wenn Sie mich unbedingt noch einmal treffen möchten.«

»Kirschenpflücken?« Seine Stirn legte sich in Falten. »Das gehört, ehrlich gesagt, nicht zu meinen Kernkompetenzen.« Er war also zu faul für körperliche Arbeit.

»Aber ich könnte Ihnen bei der Vermarktung behilflich sein und gute Deals herausschlagen!«

»Ich verschenke das Obst an Altenheime und Vereine.«

»Na gut.« Er kaute nachdenklich an seiner Unterlippe. »Ich werde es mir überlegen.«

Und Ende Juni stand Dr. Kloppinger bei mir in Sandalen auf der Leiter und pflückte unter meiner Anleitung Süßkirschen! Auf der Obstwiese meiner Großeltern stellte ich ihm zuerst Onkel Willi und Tante Klara vor. Dann gingen wir zur Schwangeren Hilde, einem prachtvollen Kirschbaum der Sorte Napoleon. Gleich nachdem ich ihn in die Kunst des Kirschenpflückens eingewiesen hatte, fing er wieder an mit seiner elenden Fragerei.

Natürlich konzentrierte er sich beim Pflücken nicht und lehnte sich zu weit zur Seite. Dabei verlor er die

Balance, drehte sich ein halbes Mal um sich selbst und rutschte so mit den Füßen von der Leiter. Er fiel nicht einfach direkt zu Boden, sondern schlitterte einen Ast nach dem anderen hinunter, bis er – einigermaßen weich, aber furchtbar verkratzt im Gesicht – im Gras landete.

Von da an verbot ich ihm – aus Sicherheitsgründen – jegliches Gebabbel.

»Wenn Sie mich etwas fragen möchten, dann tun Sie das bitte nach der Arbeit. Aber bitte nur eine Frage, nach so einem Tag bin ich immer sehr müde.«

Als wir dann am Abend mit dem Pflücken aufhörten, sagte er etwas verlegen: »Jetzt sind mir den ganzen Tag Hunderte von Fragen durch den Kopf gegangen – und nun kann ich mich nicht entscheiden, welche davon am wichtigsten ist.«

Er wollte noch ein paar Tage länger bleiben. Vielleicht würde er dann herausfinden, was die wichtigste Frage sei.

Dr. Kloppinger half mir vier Wochen lang beim Pflücken der Süß- und Sauerkirschen. Während der ganzen Zeit stellte er mir keine einzige Frage mehr. Er war wirklich vollkommen geheilt.

Eine Woche nach seiner Abreise rief Dr. Kloppinger an und berichtete von drei Kollegen, denen er von dem »Obstwiesenworkshop« erzählt hatte. »Alle drei sind auch Führungskräfte in der deutschen Wirtschaft. Sie versprechen sich von Ihnen wichtige Impulse für sich und ihre Arbeit. Sie würden auch gutes Geld zahlen, wenn sie Ihnen beim Pflücken helfen dürfen.«

Für die anstehende Mirabellenernte konnte ich Hilfe

gut gebrauchen und ließ die drei Manager für zwei Wochen zu mir kommen. Einer von ihnen konnte tagsüber nicht den Mund halten, also schickte ich ihn wieder nach Hause. Die anderen beiden aber waren gute Pflücker und sehr angetan von der »klaren Struktur des Workshops«. Sie lobten das »One-day/one-question-Prinzip« und wollten das Seminar auf jeden Fall weiterempfehlen.

So kam es, dass ich zur Apfelsaison siebenunddreißig Top-Manager aus Deutschland und der Schweiz als Erntehelfer auf meiner Obstwiese hatte. Ein gewisser Unhold von einem Luftfahrtunternehmen, ein Bäckermann von einer Bank, ein Wunderkind von einem Autohersteller und noch viele andere, deren Namen ich sofort vergessen habe.

Täglich kamen neue Anfragen hinzu und schließlich hatte ich nicht mehr genug Bäume für alle. Dr. Kloppinger riet mir, dieses Buch zu schreiben für all diejenigen, die leider nicht zu mir zum Pflücken kommen können. Es ist ja auch nicht das ganze Jahr über Erntezeit.

Natürlich hoffe ich, das Buch wird nicht nur von Managern und Selbstmördern gelesen. Sondern auch von Fliesenlegern und Posaunisten, von Fahrschullehrern und Meditationsmeistern. Und natürlich von Frauen. Von Frauen, die an der Fleischtheke arbeiten und Männer schminken. Von Frauen, die Piratenfilme machen und Verbrecher jagen.

Und vielleicht sogar von Frauen, die in Schottland studiert haben …

ONE DAY - ONE QUESTION